2019 年贵州省教育科学规划课题一般课题“基于口述史视角的贵州非遗传统音乐中小学校教育传承研究”（课题编号：2019B200）阶段性研究成果。

贵州省紫云苗族布依族自治县亚鲁王文化研究中心资助出版

亚鲁王史诗仪式与音乐

梁勇 著

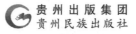

贵州出版集团
贵州民族出版社

图书在版编目(CIP)数据

亚鲁王史诗仪式与音乐 / 梁勇著. -- 贵阳 : 贵州民族出版社，2021.8

ISBN 978-7-5412-2594-9

Ⅰ. ①亚… Ⅱ. ①梁… Ⅲ. ①苗族—史诗—诗歌研究—中国②苗族—仪式—民族音乐研究—中国 Ⅳ. ①I207.22②J607.216

中国版本图书馆CIP数据核字(2020)第172507号

亚鲁王史诗仪式与音乐

梁 勇 著

出版发行 / 贵州民族出版社
地　　址 / 贵阳市观山湖区会展东路贵州出版集团大楼 550081
邮　　编 / 550001
印　　刷 / 贵阳德堡印务有限公司
开　　本 / 889mm × 1194mm　1/32
印　　张 / 7.25
字　　数 / 250千字
版　　次 / 2021年8月第1版
印　　次 / 2021年8月第1次印刷
书　　号 / ISBN 978-7-5412-2594-9
定　　价 / 89.00元

序

我与梁勇认识，是从他的舅舅杨正江那里开始的。杨正江是和我一起行走麻山的向导与合作者。2006 年 7 月，杨正江从贵州民族学院民语系大学毕业后，同年 8 月带着从贵州师范大学音乐学院本科毕业，在紫云苗族布依族自治县一所乡镇中学工作的梁勇来都匀看我。那时我还在黔南州民族研究所工作。我问梁勇有些什么想法，他说在乡镇中学教书，整天忙于教学事务，基本上没有时间做自己喜欢的民间音乐研究。了解到他的音乐研究特长后，我建议他考研。2007年梁勇通过了陕西师范大学硕士研究生初试。在前往西安复试之前，梁勇很着急地与我联系，要我告诉他如何应对复试。在他出发前，我们到贵阳商议他复试事宜，还把手上有的贵州少数民族音乐研究书籍送给他。很是幸运，梁勇通过了硕士研究生的复试，顺利进入陕西师范大学音乐学院攻读硕士研究生，师从孙航副教授学习民族音乐学。梁勇在做硕士论文选题时，又征求我的意见，我了解到他对亚鲁王史诗音乐比较熟悉，就建议他下田野和歌师（东郎）生活一段时间，再确定选题，他按照我的建议认真地进行了田野调查，并很快确定了选题。一年后，梁勇完成了硕士论文。

硕士研究生毕业后，他从原来的乡镇中学调到了安顺学院。

认识十多年来，我们一起穿梭于贵州麻山腹地，持续展开对苗族史诗《亚鲁王》的田野调查。《亚鲁王史诗仪式与音乐》这本书稿，就是梁勇近十年来在乡土上行走的成果。书稿出来后，他请我为他的这部著作写序，我对民族音乐的研究并不多，担心写不好，在他再三要求下，只好勉为其难了！

本书由绪论和六个章节的正文以及附录等组成。绪论部分主要就苗族史诗（也包括史诗《亚鲁王》）的研究现状进行了综述性梳理，介绍研究范围、资料来源、目的和意义以及研究思路和研究方法做了介绍。在第一章里，作者围绕史诗《亚鲁王》流传地域的自然环境和人文概况进行描述；第二章，作者以史诗《亚鲁王》的演唱主体，即"东郎"的类别特征、学艺过程和传承现状等进行较为全面的概述。第三章至第五章，是本书的重点部分。第三章作者从跨学科的研究思路，对史诗《亚鲁王》的演唱仪式进行个案记录与描述；第四章作者用具有中国特色的音乐理论即"音声"理论对仪式音声作音乐学和音乐形态学的研究，并结合汉藏语系的声调特点，对不同仪式场合所使用的不同音乐形态较为详细的阐释；第五章作者用民俗学的相关理论如"口头程式理论"和表演理论等对苗族英雄史诗《亚鲁王》的唱词结构、唱词程式特征和腔词关系等作分析研究。第六章，作者主要对史诗《亚鲁王》的音乐文化作阐释研究。

《史诗亚鲁王仪式与音乐》，这是从音乐学的视角去思考和分析亚鲁王史诗音乐文化的专著。梁勇本人是苗族西部方言麻山次方言的苗族，从小就在亚鲁王史诗的唱诵环境中长大。因此，梁勇的这本专著，也是从局内人视角去思考和完成的。可以说，这本专著的出版，对苗族史诗和相关古歌音乐的研究具有一定的参考价值。尽管在苗族三大方言区都有史诗的传唱，而且每个方言、次方言和土语的音乐形态各有特色，因此本书的田野资料主要是苗语西部方言麻山次方言区的史诗音乐，这对于史诗《亚鲁王》音乐文化而言，只是一个其中的组成部分，而相对于苗族西部方言麻山次方言的六个土语区，各土语区里唱诵史诗《亚鲁王》的声音形态也是不一样的，本书中未涉及声音形态的比较研究，也是一个缺憾。可喜的是，在即将完成写序的“重任”时，梁勇来电话说又在田野中发现了新的史诗音乐资料——期待他在史诗《亚鲁王》音乐文化中再出新作。

衷心祝贺《史诗亚鲁王仪式与音乐》的顺利出版。

是为序。

吴正彪

2021 年 4 月 26 日于三峡大学

目 录

绪 论

一、史诗研究

关于史诗（或古歌）的研究，起始于16世纪亚里士多德（Aristotle）的《诗学》，直至19世纪中叶西方民俗学的兴起，史诗研究作为民俗学的一个样式在方法论上形成了自己的学术体系。进入20世纪，史诗的研究无论在理论、方法还是学术视野上都步入了一个崭新的历史发展阶段。20世纪初以来，由阿克塞尔·奥利克（Axel Olrik）提出的“史诗法则”和米尔曼·帕里（Milman Parry）、艾伯特·洛德（Albert Bates Lord）和约翰·迈尔斯·弗里（John Miles Foley）开创的口头程式理论。从20世纪中叶起，随着人类学、语言学、民俗学等各个不同学科的介入，史诗研究在国内外逐渐取得了开拓性的创新和多维度的发展，形成了“表演理论”“民族志诗学”等跨学科“口头传统”研究学术体系。

众所周知，苗族是一个世界性民族，世界各地的苗族主要分散居住在美国、法国、澳大利亚和东南亚各国等二十余个国家和地区。国内苗族主要分布在湖南、贵州、四川、云南、广西等省、自治区，其中贵州苗族人口最多。从语言学角度划分，苗族语言属于汉藏语系，语言主要有东部方言（又称湘西方言）、中部方言（又称黔东方言）和西部方言（又称川黔滇方言）。苗族有悠久的历史和灿烂的文化，苗族三大方言区都有较为完备的史诗体系。

苗族史诗的搜集与研究已经有上百年历史。就目前所掌握的材料来看，苗族史诗的记录翻译工作，至晚从1896年前后开始。[1]根据罗丹阳博士的研究，我国苗族史诗的整理与研究可划分为三个阶段。

第一阶段即兴起阶段，时间为19世纪末至20世纪初。这一阶段的搜集者主要是西方的学者或传教士，如英国学者塞缪尔·克拉克（Samuel R Clarke）、约翰·韦伯（John Webb）和柏格理（Samuel Pollard）等人。塞缪尔·克拉克为了更好地传教，和当地苗族同胞学习苗族语言，并用拉丁字母为黔东苗语创设了拼音文字，传教之余，还对流传在黔东南苗族聚居区的苗族古歌开展调查，并进行了搜集和翻译，如《开天辟地》《洪水滔天》和《兄妹结婚》等。19世纪中期以来，柏格理等传教士开始在川黔滇方言区的大花苗聚居地传布基督教。20世纪初，伯格理等人与苗族有识之士，结合拉丁文创造了老苗文。老苗文的创立，使苗族史诗实现了“口传心授”与“文字记录”的共同发展。20世纪早中期，英籍传教士张继乔和张绍乔等人就对贵州石门坎的苗族史诗进行相当广泛的搜集与整理，采用双语（老苗文和汉文）以“讲故事”的形式进行记录翻译。

当然，20世纪上半叶，除了国外的传教士展开对苗族史诗的搜集整理外，国内也有学者开展了相关工作。如任职于上海大夏大学的陈国钧先生，在20世纪40年代学校迁至贵阳后，也对苗族史诗开展了田野工作。

第二阶段为繁盛阶段，时间为20世纪50年代至80年代。这个阶段苗族古歌的搜集整理研究，得益于我国民间学界开展的民间文艺学搜集与整理工作。这一阶段主要有马学良等人搜集翻译的《金银歌》和《蝴蝶歌》；赵钟海、桂舟人、唐春芳、伍略等人搜集整理的《苗族古歌》；石宗仁搜集整理的《苗族古歌》；田兵、马

[1] 李炳泽先生在其著作《口传诗歌中的非口语问题：苗族古歌的语言研究》中如此推断。

学良和今旦搜集翻译整理的《苗族古歌》等，及一些地方文化部门组织搜集流传于本地的苗族古歌，如黄平县民委组织搜集的苗族古歌《豆纽》《苗族大歌》和《开亲歌》等。

这个阶段的苗族古歌搜集整理有三个明显的特点：一、搜集整理者以本土学者和苗族学人居多；二、搜集的范围主要集中在黔东南地区，内容以流传在苗族黔东方言区的古歌为主；三、同样与第一阶段一样，都是以搜集整理为主，对其历史文化及内涵的研究成果较少。

第三阶段是20世纪80年代至今。这一阶段苗族古歌的搜集整理不仅展现出搜集范围扩展到黔东南地区以外，而且搜集与研究的工作几乎同时进行。这一阶段主要有燕宝整理译注的《苗族古歌》（贵州民族出版社，1993）；石宗仁整理翻译的《中国苗族古歌》（天津古籍出版社，1991）；潘定智、杨培德、张寒梅选编的《苗族古歌》（贵州人民出社，1997）；麻勇斌著作《苗族巫辞》（台海出版社，1999）；吴德坤、吴德杰整理翻译的《苗族理辞》（贵州人民出社，2002）；王凤刚搜集整理的《苗族贾理》（贵州人民出社，2009）等。

值得一提的是，这一时期民间歌师王安江搜集整理出版的《王安江版苗族古歌》（贵州大学出版社，2008）。该书共上下两卷，270万字，上册为“王安江演唱的苗族古歌”，下册为“杨培德、张寒梅校注的专家注释本一”和“姜柏、张文泽校注的专家注释本二”。该书采用多种形式和载体，立体记录原生态的《苗族古歌》。该书既有苗文的记录，又有汉文的直译和意译，还有王安江演唱全本录像、录音。考虑到《苗族古歌》作为口传文学必然消失的趋势，用现代方式转换它的传唱模式，成为该书的价值所在。从这个意义上说，《王安江版苗族古歌》是一部重要的苗族古歌档案。

这一时期成果还有一个重大的是：有国外学者到黔东南苗族史诗流传地域进行考察并发系列苗族史诗论文，如上世纪80年代，美国俄亥俄州立大学的马克·本德尔（Mark Bender）的相关研究成果。更为重要的是，马克·本德尔将上文提到的马学良和今旦搜集翻译的《苗族史诗》翻译为英文，首次将苗族史诗介绍到了西方。

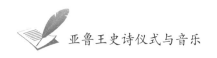

在2011年后，苗族史诗的搜集和研究又有了新的拓展。比较重要的有吴一文的相关专题研究，燕宝关于苗族史诗的研究，熊黏关于大花苗古歌的研究，以及被誉为“21世纪新发现的重大文化之一”的《亚鲁王史诗》的搜集整理与出版及其多学科的研究成果。

吴一文作为苗族人，他对苗族史诗的研究深受其父亲今旦的熏陶。他对苗族史诗的研究主要集中在其主持或参与的多项课题中。如他主持的2007年国家社会科学基金课题《苗族古歌通解》，2011年贵州省教育厅人文社科基金课题《苗族古歌叙事艺术研究》和2012年的国家社会科学基金课题《苗族民间叙事传统研究》等。吴一文对苗族史诗的研究，可以分为苗族史诗的历史文化阐释、叙事结构、演唱方式和文化传承等几个方面。

吴一文主要从苗族史诗所反映的苗族社会历史、精神文化、制度文化和物质文化等去揭示苗族史诗的历史文化内涵；苗族史诗的叙事结构方面，在其《论苗族古歌的对比叙事》一文中，主要从物物对比、古今对比、人神对比和人人对比叙事探讨了苗族史诗的对比叙事结构艺术的方法及功能；在对苗族史诗演唱方面，吴一文立足田野，从史诗歌骨、歌花、套句和插句对“活态”苗族史诗的演唱方式进行研究和阐释；在苗族史诗文化传承方面，在其《仪式与表演中的文化传承：苗族古歌演述的民俗背景》一文中有较深入的讨论。

吴一文除了上述相关研究论文外，还出版了两本著作。一是《苗族史诗 苗文·汉文·英文对照》（贵州人民出社，2012），这是吴一文和他的父亲今旦先生与马克·本德尔共同译著；二是吴一文与今旦先生共同完成的《苗族史诗通解》（贵州人民出社，2014）。此两版苗族古歌均分为金银歌、古枫歌、蝴蝶歌、洪水滔天、溯河西迁等部分，主要包括造天造地、运金运银、铸日造月、射日射月、种子之屋、寻找树种等内容。

除了吴一文的研究外，燕宝整理译著的《苗族古歌》也是珍的苗族古歌著作。该书为苗汉双文，严谨记录了苗族古歌的内容，从宇宙的诞生、人类和物种的起源、开天辟地、初民时期的滔天洪水，到苗族的大迁徙、苗族的古代社会制度等，具有重要的历史学、民族学、哲学、人类学等多学科价值。

苗族英雄史诗《亚鲁王》作为新世纪发现的重大文化事项，是近年学界的研究热点，开启了苗族史诗整理与研究的新时期。

如上文所述，有关我国苗族史诗的搜集整理及研究，尽管始于19世纪末20世纪初，但国外有关“亚鲁王史诗”的研究仅有美国学者马克·本德尔于2014年发表在日本刊物《民俗研究》的《苗族英雄史诗〈亚鲁王〉》。该文章首先就中国学术界在20世纪80年代以来的中国少数民族长篇叙事诗的研究作了简要的介绍，接着着重介绍《苗族英雄史诗〈亚鲁王〉》的搜集整理、翻译出版和列入国家非物质文化遗产名录的过程，并对《苗族英雄史诗〈亚鲁王〉》灵活多样的表现形式予以高度赞美。《苗族英雄史诗〈亚鲁王〉》的发表不仅是当代少数民族史诗抢救保护工作中的一个重要成果，同时它的出版为国际学术界在苗族史诗研究方面提供了珍贵的资料。

20世纪初以来，国内学者也开始对苗族史诗开展搜集和研究工作。在这百余年的苗族史诗整理与研究中，《亚鲁王》仅是十多年前在贵州麻山苗族集聚区新发现的文化事项，并于2011年列入国家级非物质文化遗产保护名录。目前公开出版的有关亚鲁王故事的文献主要有：杨兴斋和杨华献整理的《苗族神话史诗选》（贵州民族出版社，2000）、余未人执行主编的《苗族英雄史诗〈亚鲁王〉》(中华书局，2011)和曹维琼等人主编的《亚鲁王书系》(贵州人民出版社，2013)。其中，《苗族神话史诗选》分为两个部分，第一部分是苗族的神话古歌，第二部分是亚鲁史歌。可以说，《苗族神话史诗选》是国内较早记录“亚鲁”(该书中译为“杨鲁”)的身世及其带领子孙迁徙的原因和历史过程的出版物。

余未人执行主编的《苗族英雄史诗〈亚鲁王〉》，共两册，即文字翻译和图片展示两个部分。与《苗族神话史诗选》相比，它不仅对亚鲁王的身世、征战和迁徙的口述唱诵作较为全面的记译，而且还通过图片的方式全面展示了亚鲁王史诗的流传地域和唱诵仪式环境等，使读者更加直观地了解亚鲁王史诗的整体概貌。

曹维琼等主编的《亚鲁王书系》，共三册，即《史诗译诵》、《歌师迷档》和《苗疆解码》。其中，《史诗译诵》是《苗族英雄史诗〈亚鲁王〉》的再版；《歌师迷档》专就丧葬仪式里演唱亚鲁王史诗的演唱主体东郎的个人经历进行浅描概括；《苗疆解码》则是介绍贵州省境内部分苗族文化。

较为特别的《亚鲁王(五言体)》(重庆出版社，2018)则是《亚鲁王史诗》国家级传承人陈兴华自己整理翻译的。“全书共三万八千多行的有独特叙事各姓和特注功能指向的汉语五言体《亚鲁王》，实在称得上是非遗传承上的一桩盛事和一颗硕果。”[1]

余未人先生创作的《远古英雄亚鲁王》(贵州人民出版社2018)，是余未人先生根据不同版本的《亚鲁王》故事而撰写的具有故事化和通俗化的读物。

亚鲁王史诗的相关研究与其搜集整理工作是同步展开的。有组织、有计划地对亚鲁王史诗进行搜集翻译工作始于2009年。当年学者们进入田野，对《亚鲁王》的演唱仪式和演唱艺人及其传唱地域之人文生态进行实地考察，其成果汇编为《〈亚鲁王〉文论

[1] 民俗学家刘锡诚在为陈兴华的《亚鲁王》(五言体)所写的序言中这样评价。

集：口述史·田野报告·论文》（中国文史出版社，2011）；其次，由姚小英编著的《敬仰麻山：族群记忆与田野守望者剪影》（贵州人民出版社，2013）一书，共收录十余篇有关亚鲁王史诗的研究论文，另外还有紫云苗族布依族自治县亚鲁王文化研究中心部分工作人员对《亚鲁王》展开田野调查的工作日志和记录访谈。2013年12月，祭祀亚鲁王活动期间，专门以“苗族亚鲁王史诗”为议题的学术研讨会在贵阳召开，参会专家来自不同学科领域，共提交30余篇论文，汇编成（《〈亚鲁王〉文论集 Ⅱ》（中国文史出版社，2014）。该论文集较之《〈亚鲁王〉文论集：口述史·田野报告·论文》有两个明显的特点：一是作者均为国内相关领域的知名学者，如中国文学艺术界联合会的刘锡诚、中国社会科学院文学研究所的朝戈金、叶舒宪、吴晓东和高荷红、中国文艺家协会副主席曹保明、中国文艺家协会顾问余未人、中国社会科学院民族学与人类学研究所李云兵研究员、中央民族大学钟进文教授、四川大学的徐新建教授、厦门大学的彭兆荣教授及其多名博士生、三峡大学教授吴正彪和天津大学冯骥才文学艺术研究院的唐娜博士等，另外还有苗学专家杨培德、麻勇斌和吴秋林等；二是从多学科切入亚鲁王史诗研究。学者们分别从各自专长领域对亚鲁王史诗文化进行深入的探讨。

除了以上已出版的专著和论文集外，还有从不同的研究角度对亚鲁王史诗进行研究的论文。这些论文可以分为硕博论文和期刊论文。

较早的亚鲁王史诗研究相关硕士和博士论文共有9篇，虽然不多，但是对于新近列为国家级非物质文化遗产的亚鲁王史诗而言，这些研究成果也是相当可观的。笔者按照时间的先后顺序对《亚鲁王》相关的硕博论文作简单介绍。

首先是梁勇（本书作者）于2011年完成的《麻山苗族史诗〈亚鲁王〉音乐文化阐释》。虽然此文对亚鲁王史诗的音乐文化研究还有待深入，但却是第一篇从音乐文化的角度切入研究的论文，首开亚鲁王史诗音乐文化研究的先河，从流传地域、演唱仪式和音乐形态等各方面对亚鲁王史诗进行了分析。

其次是2014年的两篇论文。一篇是华中师范大学中国民间文学专业的高森远博士的《麻山苗族英雄史诗〈亚鲁王〉东郎（传承人）研究》。高森远博士借鉴国内外有关史诗传承人（或演唱者）的研究理论与方法，对亚鲁王史诗的传承主体进行了较为深入的专题研究。高森远博士论文对中涉及到的东郎研究具有一定的借鉴和指导作用。另一篇是贵州民族大学杨兰硕士论文《苗族史诗〈亚鲁王〉英雄母题研究》。作者采用实证调研与规范研究相结合、定性分析与定量分析相结合、文献研究与实地调研相结合、整体研究和重点研究相结合的研究方法，通过横向空间序列和纵向时间序列的比较分析，认为亚鲁王史诗英雄母题是苗族早期的社会历史形态、婚姻形态、意识形态以及宗教信仰的映射，同时认为亚鲁王史诗具有人文性与武功性特征双重属性，苗族祖源或族源追寻与认同是亚鲁王史诗得以传承的主要动力。

第三是2015年的四篇硕士论文。第一篇是暨南大学蒋明富硕士论文《麻山苗族史诗〈亚鲁王〉音乐文化阐释》，认为亚鲁王史诗蕴含上古苗族独特的音乐、军事、哲学、语言、习俗、宗教和地名等历史文化信息，是一部研究古代苗族文化的经典。第二篇是贵州师范大学佟彤硕士论文《魂兮归来：〈亚鲁王〉文本与仪式研究》。该论文运用史诗文本与仪式文本相结合的研究方法，通过对史诗、仪式包括阈限、母题等方面的分别剖析。作者认为：在民族层面上，亚鲁王史诗是苗族人民的“精神镜像”；在个体层面上，苗族的葬礼仪式是对文本中亚鲁王一生的象征性模仿。第三篇是贵州民族大学冉永丽硕士论文《苗族史诗〈亚鲁王〉悲剧形象研究》。作者以亚鲁王史诗中的悲剧人物形象为主要对象，从悲剧性体现、悲剧形象的类型、特征和形成原因等方面入手，通过解析史诗中的悲剧形象及其精神内涵，进而分析悲剧形象形成的社会历史、文化、地理等原因，从而较为准确地理解西部方言麻山苗族的历史文化。第四篇是贵州民族大学王斯硕士论文《贵州苗、布依、彝族英雄叙事长诗研究——以〈亚鲁王〉〈安王与祖王〉〈支嘎阿鲁王〉为例》。作者从比较文学视角出发，选取贵州少数民族英雄叙事诗即《亚鲁王》《安王与祖王》和《支嘎阿鲁王》为研究对象，对这三部叙事（史）诗的情节结构和演唱环境进行比较分析，梳理史诗中围绕英雄展开的母题情节，探究它们的异同，并结合场域的不同，从而对流传于贵州少数民族地区叙事（史）诗的传承与保护给予相关建议。

第四是2016年的两篇硕士论文。贵州大学张慧竹为了完成硕士论文《在亚鲁王的庇佑下：麻山苗族的家、家族与村寨》，曾多次长时间寄宿在紫云县大营镇巴茅村巴茅组杨正福农户家。我曾在巴茅村进行亚鲁王史诗田野调查时，遇见过她并一起田野一起讨论。她的这篇硕士硕士论文是在扎实的田野调查基础上，以信仰先祖亚鲁王为研究切入点，探讨麻山苗族的家庭、家族和村寨是何种关系及它们的互动仪式如何呈现。另外一篇是贵州民族大学谢关艳硕士论文《苗族〈亚鲁王〉人名词频研究》。作者为苗族，语属西部方言麻山次方言，精通母语，她结合自身的成长环境和文化背景，对亚鲁王史诗中多次出现的名词和代词进行词频分析，并揭示《亚鲁王》中众神的层级与其名字出现的频次关系和史诗中众神的排位及谱系概况。

接下来梳理一下期刊论文。目前亚鲁王史诗研究的相关期刊论文有100余篇，根据对这些研究成果的梳理，大致可分为如下七个方面的研究及成果：

第一，亚鲁王史诗流传地域调查研究。这方面的文章主要是天津大学冯骥才艺术研究院的唐娜博士和三峡大学的吴正彪发表的系列文论，这些文章主要就亚鲁王史诗的传承范围、演述语境以及传承现状进行了调查分析。

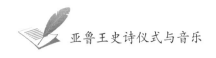

第二，关于亚鲁王史诗搜集翻译的研究文章。这类文章主要有余未人、李云兵、吴正彪和胡晓东等学者的论文。余未人认为，由于亚鲁王史诗唱诵语言、师承仪式的特殊性和麻山苗族精英分子屈指可数等原因，这给《亚鲁王》的搜集整理带来一系列的困难；李云兵和胡晓东认为在整理亚鲁王史诗时，强调了遵从当地人的文化习惯、民族心理和数字化保护等问题；吴正彪认为在进行亚鲁王史诗搜集记译时，应在《紫云宗地苗语拼音方案当议》的基础上创设并形成一套便于记录翻译《亚鲁王》的文字工具，由此《亚鲁王》的原创性价值才得以保护和传承。

第三，关于亚鲁王史诗的形成和性质研究。关于《亚鲁王》的形成，吴晓东在其《〈亚鲁王〉名称与形成时间考》一文中，结合实际的演唱仪式和苗族历史文献，认为亚鲁王史诗的产生时间应在唐宋时期；而关于《亚鲁王》的性质研究，朝戈金在其《〈亚鲁王〉："复合型史诗"的鲜活案例》一文中认为，苗族亚鲁王史诗是一部涵括创世、迁徙和英雄为一体的"复合型史诗"。

第四，从民俗学角度对亚鲁王史诗的研究。叶舒宪从汉藏习各民族的比较神话学视角，阐释了《亚鲁王·砍马经》的演唱仪式和语境；王宪昭也是从神话学角度指出，《亚鲁王》是一部复合型大型史诗，保留了许多具有鲜明文化特色的神话情节和母题；蔡熙结合《亚鲁王》中造天造地造人、造唢呐造铜鼓及萤火虫带来火种等的唱词分析，认为《亚鲁王》是一部具有创世特点的神话。

第五，从文化遗产角度对亚鲁王史诗的研究。2014年暑假，本人有幸作为向导，带领人类学者彭兆荣教授及其博士生团队到紫云苗族布依族自治县宗地乡大地坝村进行《亚鲁王》近半个月的田野调查，本次调查最终形成以"文化遗产"视角进行研究的多篇调查报告和研究论文（发表在2014年《贵州社会科学》）。

第六，有关亚鲁王史诗音乐文化的研究。这方面的研究成果，除了本人已发表的部分研究论文外，其他比较重要的研究成果是曾雪飞等人从音乐人类学角度进行研究的相关论文。曾雪飞结合葬礼仪式中演唱的亚鲁王史诗，认为这一演唱形式不仅是麻山苗族社区对权力的崇拜，更为重要的是对社会秩序的稳定发挥着至关重要的作用。

第七，《亚鲁王》文化开发和保护传承研究。罗丹阳认为，《亚鲁王》是我国重要的文化符号，其内容博大精深，是研究苗族古代社会的"百科全书"，为了推动社会主义文化大发展大繁荣的客观需要和推进民族文化与旅游产发展相结合的重要举措，应努力打造以"亚鲁王"文化品牌的独具民族特色的旅游产业，从而实现旅游与文化的共同发展；唐娜结合亚鲁王史诗的使用实际，即《亚鲁王》至今仍然在麻山苗人鲜活的民俗生活中不可或缺，但是其传承仍旧面临诸多困境，因而认为比史诗文本传承更急迫的是在青少年中普及亚鲁文化，从而使麻山苗族青年一代对本族群的史诗文化及精神信仰保有必要的尊重和基本的了解。

以上无论是著作类还是论文类，虽然以"音乐学"视角给予《亚鲁王》研究的成果较少，但它们对于《亚鲁王》的研究具有重要参考意义。

总之，上述有关亚鲁王史诗的文献及其多学科多角度的研究成果，为研究提供了一定的参考基础。

二、研究范围及资料来源、目的和意义

根据贵州省境内总体地形地貌特征，将贵州省划分为"六山六水"。其中，"六山"即指贵州省境内的乌蒙山、雷公山、大麻山、小麻山、月亮山、武陵山；"六水"即为贵州省境内的清水江、都柳江、乌江、北盘江、南盘江、㵲阳河。大、小麻山统称为麻山地区。麻山地区位于贵州省黔西南自治州的望谟县、黔南自治州的罗甸

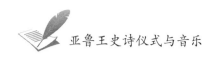

县、长顺县、惠水县和安顺市的紫云苗族布依族自治县（后文有时简称“紫去县”）三市六县结合部。面积5000多平方公里，以苗族和布依族为主体民族。由于地理环境恶劣，交通不便，一直以来，麻山很少被外界（学界）关注和研究。

麻山次方言区在苗语西部方言区中人口最多，又可分为六个土语区：以紫云县宗地乡为代表的中部土语区、以长顺县代化镇摆梭村为代表的北部土语区、以望谟县乐宽乡为代表的南部土语区、以紫云县四大寨乡为代表的西部土语区、以罗甸县木引乡把坝寨为代表的东南土语区和以望谟县打狼乡岜奉寨为代表的西南土语。[1]

因为麻山自然环境较为恶劣，信息闭塞，较少受到主流文化和外来文化的冲击，在进入新世纪仍然保留并传承着自成一体的族群传统。根据文献记载，在苗族三大方言区里都有关于英难“亚鲁”的传说和歌谣。但是，亚鲁王史诗的传承最为完整就是在贵州省麻山地区的苗族西部方言麻山次方言的各个土语区的苗族聚集区，且目前还在活态地传承。

由于本人来自麻山地区，所操母语属西部方言麻山次方言中部土语，精通中部土语，并通晓其他五个土语，加之亚鲁王史诗主要的六部就传承在贵州麻山次方言地区。为了避免研究对象太过于庞杂而不能进行较为深入的研究，因此，本人的研究范围主要集中在苗族西部方言麻山次方言的各个土语区。

本书的文献资料主要有以下几种：

1. 田野调查。客观地说，亚鲁王史诗及其相关研究才刚刚开始，因此，其研究成果是很少的，而从音乐学角度进行研究的成果并不多见。因此，研究资料最主要的来源是直接进入麻山腹地进行的亚鲁王史诗田野调查。在亚鲁王史诗被列入国家级非物质文

[1] 李云兵：《苗语方言划分遗留问题研究》，中央民族大学出版社，2000，第237页。

化遗产名录前，本人就与紫云县“亚鲁王文化田野调查小组”一起展开多次的田野调查工作。之后同样进行了若干次田野调查工作。通过田野调查，获得了大量的第一手资料，包括歌师访谈和英雄亚鲁王史诗唱诵文本等。这些珍贵的资料对于我的各项研究无疑具有重要的作用。

2. 公开出版及未公开出版的亚鲁王史诗文献资料。目前，关于史诗《亚鲁王》的相关文献、文本和文论也在陆续的出版和发表，也有一部分未出版和未公布的内部资料，但是几乎都与“音乐学”无涉。因此，在研究过程中，这部分资料仅作参考。

3. 有关亚鲁王史诗的图片资料。这些资料主要包括亚鲁王史诗的演唱地景观和演唱实际情景等，这些资料将以图片的形式，直观地展示唱诵亚鲁王史诗的仪式场景，从而使得此研究更具有立体性。

亚鲁王史诗是苗族的经典，常被誉为“苗族文化百科全书”，它反映了苗族对宇宙、自然和人的本真认知，并以口传的方式传播

图 1 亚鲁王祭祀现场（杨正超 / 摄）

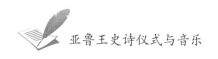

至今。运用音乐人类学、口头程式理论与表演理论等研究方法对亚鲁王史诗音乐文化的研究，剖析其独特的文化艺术形式，进一步阐释音乐与民俗文化的诸种关系。通过研究，期望此成果能为外界了解亚鲁王史诗的音乐文化提供相关基础知识，同时希望研究成果能为苗族音乐文化的研究做一点力所能及的贡献。

亚鲁王史诗于2009年成为中国民间文化遗产抢救工程的重点课题，2010年6月亚鲁王史诗被列为国家级非物质文化遗产代表作保护名录。在亚鲁王史诗未被整理之前，我国少数民族史诗被确认为英雄史诗的仅有三部：藏族的《格萨尔》、柯尔克孜族族的《玛纳斯》和蒙古族的《江格尔》。这三部英雄史诗，无论是从文史学角度还是艺术学角度进行研究，都取得了众人瞩目的成果。

众所周知，苗族是一个历史悠久的民族，苗族英雄亚鲁王史诗的整理，其价值和意义无可估量。民俗学家刘锡诚如此评价《亚鲁王》：

1.《亚鲁王》是苗族文学史上迄今发现的第一部英雄史诗，苗族文学史，乃至我国多民族文学史面临着改写；

2. 英雄亚鲁王史诗在20世纪历次调查中均被忽视，此次普查中被发现从而填补了民族文化的空白；

3.《亚鲁王》的问世，为中国文化多元化增添了新的元素，为已有的世界史诗谱系增添了一个新的家族。

苗族在相对封闭的社会环境和自然环境里创造、传承和发展了自成一体的族群文化。但是改革开放以来，随着交通、通讯条件的改善，当地人的生活水平较以前有了明显的提高，与此同时也造成了外来文化对本土文化的巨大冲击。尤其是像传唱了两千余年，堪称是苗族古代的“百科全书”，苗族历史文化的活态文本，的亚鲁王史诗这样的民间文化瑰宝，却正面临着空前的传承危机：在世的亚鲁王史诗传唱者大都年事已高，后继乏人；年轻一代苗族青年对本民族文化的认同感逐渐减弱致使其传承环境也在逐渐丧失。可以说，《亚鲁王》的民间自然传承已逐渐步入濒危的境地，如果再不及时对其进行整理、记录和研究等工作，如此有价值的文化遗产一旦销声匿迹，将会造成苗族文化史甚至人类文化史研究的极大损失与缺憾。因此，目前针对亚鲁王史诗的各种研究是对其进行有效保护的重要措施之一，具有紧迫性及重要的社会意义与现实意义。

通过较为详细的田野考察和梳理，本人主要运用民族音乐学的理论和方法，以"音乐文化学"为分析阐释为主线，旨在理解和阐释这一史诗音乐里的文化现象，即客观展现其独特的音乐文化形态和剖析其蕴含的音乐文化内涵。以"音乐学"作为主线对亚鲁王史诗进行研究，对于我国少民族英雄史诗的音乐研究具有丰富和完善理论的意义。此外，由于较早涉足亚鲁王史诗音乐文化研究领域，本研究成果属于亚鲁王史诗音乐文化的早期研究成果。

三、研究思路与研究方法

研究思路

根据研究对象及其内容的特点，在研究过程中，我们将研究思路拟定为：查阅文献—田野调查—研读文本—分析资料—案头工作—提交研究成果。而在具体的研究过程中，研究工作主要通过以下六个方面展开：

第一方面，主要就亚鲁王史诗的主要传承地域，即贵州省麻山地区的自然生态和人文背景进行描述。

第二方面，主要就亚鲁王史诗及其传承人演唱者作介绍。对亚鲁王史诗的结构及其内容和演唱者的类别特征、学艺过程和现状传承等进行调查研究。

第三方面，主要对亚鲁王史诗演唱仪式进行描述与讨论。主要从演唱亚鲁王史诗的仪式类别、丧葬仪式唱诵《亚鲁王》实录和非丧葬仪式唱诵《亚鲁王》实录三方面进行记录和描述。

第四方面，从亚鲁王史诗演唱仪式的音声作音乐学和音乐形态学的研究。首先就“音声”提出的背景进行介绍，并就学界对于“音声”理论及其实践的一些反对观点进行介绍；其次，提出对“音声”的理解或思考；最后，就亚鲁王史诗的演唱曲例、曲例类别和其他非人声“音声”形态进行音乐本体进行分析研究。

第五方面，采用跨学科的研究方法，即口头程式理论、表演理论和语言学等方法，对亚鲁王史诗唱词结构、唱词程式特征和腔词关系等作研究。

第六方面，主要对亚鲁王史诗的音乐文化作阐释研究及其当代传承的思考。

研究方法

1. 文献查阅

查阅的文献资料除了苗族史料及史诗文献和非物质文化遗产的政策文件外，还检索国内其他民族史诗（或古歌）音乐研究的有关文献，对这些文献作梳理总结，获取相关的成功案例和理论支撑。

2. 田野调查

在音乐人类学这一人文学科里，田野调查的研究方法一直占据着重要的地位，通过对研究对象进行扎实、全面、深入的田野调查，获取相关数据，通过深入研究，最终为亚鲁王史诗音乐文化建构理论体系和切实可行的传承保护机制。

3. 跨学科研究的理论与方法

口头程式理论：口头程式理论是由约翰·迈尔斯·弗里和阿尔伯特·洛德创立，是二十世纪在西方发展起来的为数不多的民俗学理论之一。口头程式理论的研究，主要集中在口头诗歌的概念、程式和关于以程式、主题进行创作的问题，以及与之相对应在的即兴创作、记忆、本文背景等方面的研究。

表演理论：美国人类学家理查德·鲍曼发表题为《作为表演的口头艺术》的论文，标志着"表演理论"的正式形成。表演理论是20世纪60年代末至70年代初美国民俗学界兴起的一种重要的研究视角和研究方法，广泛影响到了世界范围内的诸多学科领域，例如民俗学、人类学、语言学、宗教研究、史诗学、音乐、戏剧与大众传媒等许多研究领域。

腔词关系研究方法：由于我国汉藏语系语言的特点，汉藏语系的很多"人声"（声乐）作品，其音乐旋律和语言声调具有内在的联系。本书将采用语言学的相关研究方法和借鉴学界有关腔词关系的研究范例，对亚鲁王史诗的腔词关系进行语言音乐学的研究，阐释其唱词音调与唱腔音调的关系及其规律特征。

四、术语简释

1. 麻山：贵州省区域内的一个自然环境的划分，跨越三个行政区域，即安顺市的紫云苗族布依族自治县、黔南地区的长顺县、罗甸县、惠水县和平塘县、黔西南地区的望谟县三市六县的结合部。

2. 西部苗族：苗族是一个世界性的民族，其语言有三大方言区，即川黔滇方言、黔东方言区和湘西方言区。其中，川黔滇方言区又叫西部方言，主要通行于贵州中西部、川南桂北及云南境内。使用苗语西部方言的苗族称西部苗族。

3. 麻山次方言：作为苗族川黔滇方言的一个重要分支，主要通行于贵州省麻山地区。麻山次方言又可分为川黔滇、滇东北、贵阳、惠水、罗泊河、重安江、平塘和麻山八个次方言区。麻山次方言区在西部方言区中人口最多，又可分为六个土语区：即中部土语区、北部土语区、南部土语区、西部土语区、东南土语区和西南土语。亚鲁王史诗主要流传于麻山次方言土语区。

4. 亚鲁王史诗：即苗族英雄史诗《亚鲁王》，这部史诗较为完整地流传于贵州省境内的麻山地区，其演唱仪式主要镶嵌在麻山苗族的丧葬仪式里，在非丧葬仪式中也有其片段的演唱。于2011年被列入国家级非物质文化遗产保护名录。

5. 东郎：苗语 dongb langb 音译，即在丧葬仪式上主持并演唱亚鲁王史诗的专职人员，他们是亚鲁王史诗和苗族文化得以世代传承的精英团体。

6. 核腔：这个音乐术语是由蒲亨强于1987年在《中央音乐学院报》发表的《论民歌的基础结构：核腔》一文中提出的，核腔的内涵是"民歌音乐结构中，由三音左右的音构成的具有典型性的核心歌腔"，主要关注少数民族民间歌曲的基础结构、核心音调和色

图2 作者（背背篼者）在田野工作

彩特征等。在蒲文发表前，音乐学界中已有相关学者在围绕“腔”而进行的相关研究，如沈恰和王耀华等。无论是“核腔”还是“音腔”，它们主要关注的都是民间音乐的基础结构、典型音调和色彩特征等，并认为“腔”具有鲜明的民族特色和文化内涵。

7. 腔词关系： 如果说“核腔”的关注点是音乐形态，那么“腔词关系”关注的则是音乐形态和语言声调两个侧面的综合。在本书中，腔词关系的研究就是结合亚鲁王史诗的唱词音调和唱腔音调进行的语言音乐学的研究。

第一章

麻山人文概观

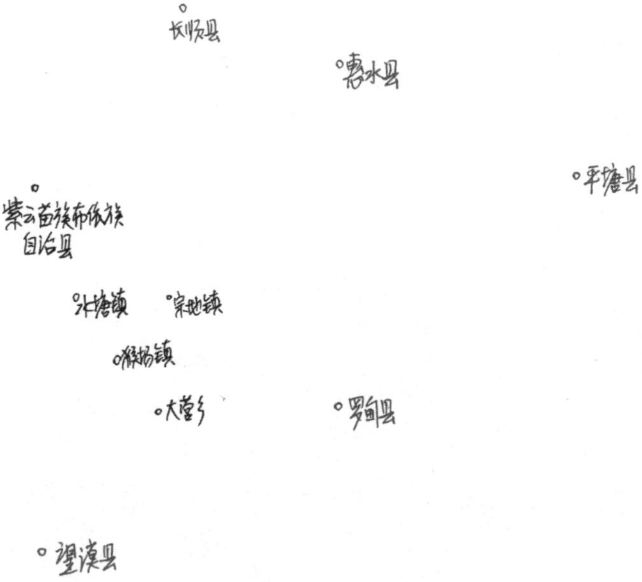

图 3 麻山地区及田野点地图（作者手绘）

苗族有三大方言区，川黔滇方言、黔东方言区和湘西方言区。西部方言主要分布在我国西南地区的贵州省、云南省、四川省和广西等省区。西部方言又分8个次方言，即川黔滇次方言、滇东北次方言、贵阳次方言、惠水次方言、麻山次方言、罗泊河次方言、重安江次方言和平塘次方言。

尽管亚鲁王史诗在西部方言区各次方言区都有传承，但是传承最为完整和演唱仪式最为全面的是麻山次方言区。

一般来讲，根据贵州省地形地貌特征，可将贵州省划分为“六山六水”十二大片区，“麻山”就是其中一个片区。麻山次方言区主要位于贵州省的中南部，包括三个地州市六个县区，即安顺市的紫云苗族布依族自治县，黔南布依族苗族自治州的罗甸县、长顺县和惠水县和平塘县，黔西南布依族苗族自治州的望谟县。贵州麻山地区，其所辖范围约五千平方公里，约五十万人口。麻山主体民族以苗族和布依族为主，其中，苗族约三十万人。

“麻山”是近代新使用的名称，因而在近代以前的历史文献中，

图4 麻山地貌

找不到“麻山”这一名称。麻山之名，来源有二：一是麻山片区，山峦连绵，一座连一座，高低起伏，密密麻麻；二是苗族先民迁徙至此时，带入大量苎麻种籽，经长期耕耘培育，使石山变为盛产苎麻、构皮麻等农作物和经济作物的山区。

据吴正彪教授的研究，对于麻山地区的山系和山脉的划定，在清代已有，即在地貌上为“头饮红河水，身卧和宏州，尾落大塘地”。红河水即现在的黔西南自治州的望谟县一带，和宏州包括今安顺市的紫云苗族布依族自治县、黔南苗族布依族自治州的长顺县和罗甸县交界一带，大塘地即黔南苗族布依苗自治州的平塘县新塘乡和大塘镇一带。麻山区域的划分是以山系山脉作为依据，其区域包括上文提到的“三市六县”大部分或结合部地带。

麻山地区岩溶地貌面积达 70% 以上，属于典型的喀斯特地貌。麻山不仅地理地形条件恶劣，气候也较为恶劣。麻山地区由于岩石多，土地稀少且贫瘠，难以存储水分。“三日无雨苗枯黄，一场大雨全刷光”“春种一片坡，秋收一小箩”是其农作物种植环境和收成状况的形象概括。麻山人民在脱贫攻坚前还过着较为贫困的生活，“一年辛苦半年粮，终年不知油肉味”是农耕社会背景下麻山苗族的传统生活写照。

根据汉文献记载，5000 多年前，在我国北方住着一支联盟部落即“九黎”，其首领是“蚩尤”，他统领的部落就是苗民，即今天苗族的先民。尧、舜、禹时期，“九黎”联盟部落又形成了新的形态，史称“三苗”“苗民”等。如《尚书・吕刑》注说：“苗民即九黎之后，颛顼诛九黎，至其子称为三苗”；《国语・楚语》记载：“三苗，九黎之后也”。

经尧、舜、禹时期，即夏商至唐宋时期，汉文献中对苗族有着不同的称谓，有“荆蛮”“楚荆”和“武陵蛮”等。宋代学者朱辅在《溪蛮丛笑》提到：“五溪之蛮……今有五：曰苗，曰瑶，曰僚，曰仡伶，曰仡佬”。至此，“苗”作为“蛮”的一类而见于各种文献。元明清时期，苗族在政治、经济因素的促使下，迁徙极为频繁，逐渐形成广布于湘、鄂、川、黔、滇、桂、粤和陕等省的分布格局，并逐渐流入东南亚各国，成为世界性的民族。

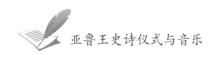

如今，分布在世界各地的苗族，有他称和自称。苗族因为方言多，土语杂，因此自称也比较繁杂，如湖南湘西和贵州松桃等县的苗族自称为“qo^{35}”，广西融水的苗族自称“mu^{33}”，贵州省黔东南的苗族自称“hmu^{33}”，云南的苗族自称为“mog^{43}”，美国及东南亚的苗族自称为“hmong”，而麻山次方言的苗族自称为“mengf”. 而互称或他称则多以居住方位及服饰不同而称呼，但都离不开自称，均在自称之后加定语。

一、麻山苗族的称谓

麻山苗族自称为“mengf”（蒙）。由于种种原因，历史上它曾被赋予各种称谓。关于麻山苗族最早的记载见于《元史》，该书称其为“桑州生苗”。从区域历史发展的过程看，麻山次方言的苗族为这一区域里最早定居的居民。明代嘉靖年间《贵州通志》中将麻山苗族称为“康佐苗”；清初汉文典籍中将麻山苗族称为“狗耳龙家”“克孟牯羊”，道光年间的《贵阳府志》称为“山苗”，清末《安顺府志》将麻山苗族称为“炕骨苗”“砍马苗”和“老苗”等；清末《八十二种苗图并说》对麻山苗族的记载为“葫芦苗”。1949年以后，在中国共产党的领导下，根据民族政策，将麻山苗族与其它地区各苗族支系一起，统一称为苗族。

二、麻山苗族的习俗

麻山苗族的居所

麻山苗族多居住在高山向阳的地方。住房分为楼房和平房两种。楼房多为“吊脚楼”，屋基分上下级，前低后高，差距五六尺。靠坡一边为平房，前半间立在下一级地基上，为楼房。楼与靠山的半间地面相平。前半间的楼底用木板围圈，作为饲养牲畜之用。这种“吊脚楼”，因为房前坎高，就做三尺左右高的干阑挡住，前面虽设大门，但只通至干阑，出入道路都从后面小门。

平房建筑，少“吊脚楼”的底层，其余与“吊脚楼”相似。大门无干阑，出入道路从大门。

不论楼房或平房，多为木质。三开间，四列柱头，每列有几根柱头则称为“几柱房”。兴包梁习俗，立房时要在正中一间后面安一张四方桌，桌上打一把布伞，伞架上挂一张毛巾帕，旁边一双草鞋（现在为解放鞋或皮鞋），桌子背面用一铺草薦围着，桌上摆有一升大米，在米上烧香点烛、点灯。摆有猪头、豆腐、七碗酒、布鞋、梳篦等祭供鲁班及鲁班娘。立房后当天到山上把梁砍来，砍梁要唱砍梁歌。并且禁忌人从梁上跨过，若人不注意跨过了必须另换一根。包梁，是用红布把五谷种、历书、笔墨、碎银及开工时的木片等包在梁的正中，用两匹自织布拴在梁的两端，把梁抬上中柱上，然后用一大把糯谷穗挞在梁的正中，把一只公鸡放于梁上，任其飞去，飞走大门一面，意为吉利。梁两头摆有粑粑、酒、肉等祭品，唱上梁歌的歌手，身挎一口袋粑粑颗及几元的硬币。先向祭鲁班的桌上作揖三次，就口若悬河地唱起上梁歌，每一举一动都用歌来形容。歌手分两边爬上梁的两头对唱。主方歌手上东面，客方歌手上西面。先唱祝贺主人新房，逐渐转唱盘歌。从新房盘问到鲁班，又从鲁班盘问到孔子。有的还盘问地理、历史、政治等。

进入 21 世纪，住房逐步改变，由木结构改为砖木结构。除门窗用木料外，大都改为钢筋混泥土楼房，墙贴瓷砖，水泥屋面，屋面四周盖琉璃瓦，砖房上梁习俗依然沿袭，而以开“财门”仪式较为隆重。

做大门后，就邀约亲友来开“财门”对歌。开“财门”时，设宴招待宾客。各处亲友带米、酒等给主家添财，但先开门的一定是舅家。舅家要带上家族吹奏唢呐及酒、米、炮竹等来。到了门口，先是鸣炮竹，然后主客对唱，客方对赢就开门进家。其“开门歌”内容较为丰富。

住房的附属建筑有圆仓、牲口圈。不论是圆仓还是牲口圈，都建于房边屋后。圆仓，是苗族的主要附属建筑，高六至七米，能装上万斤粮食，底部为正方形，中部圆形，顶部圆锥形。

圆仓底部由四根（也有六根的）一至二尺过心的大圆木柱支撑，高六尺左右，四根柱顶与四块直径与一米左右的圆石板穿榫的。石板的作用是防止老鼠爬上仓去偷呼粮食。柱顶榫头与圆石板穿榫后高出三至五寸，用两根横料固定着，一排长三至六米的木料按一定距离整齐地排列在横料上面，木料上压着的就是存放粮食的篱笆，即圆仓中部。中部外面是一块高五尺至五尺五的篱笆卷围的，外用宽一寸的数根竹签斜着交叉固定，成为菱形花格，外型美观大方。选其中一处能搭梯子的地方作门，门用梭桥开关，关时，又在梭桥上面两头加尖，开仓要把尖子打退。仓顶盖上仓盖。

这种圆仓，空气较为流通，不会潮湿；不但可存放粮食，还可以存放衣物等。又能防鼠、防盗。底部四根圆柱能供妇女牵纱纺线，里面还可安放碓窝、石磨等。中部的篱笆外也可以堆放东西。

麻山苗族的服饰

在麻山地区居住的苗族，其服饰种类繁多，色彩缤纷，美丽绝伦。苗族姑娘、妇女都是刺绣和蜡染的高手，能跟据区域以及人物、年龄、性别、身份的不同，制作出各种不同样式而又美观大方的常用衣服，尤其是儿童和女性服装更是七彩纷呈，艳丽如霞。男性服饰则注重端庄得体，多为一色或二色布料制作而成。各种服饰犹如一面面镜子，折射出古往今来的一幅幅历史画卷和光辉灿烂的民族文化。

由于苗族支系繁多，散居区域广阔，自然环境复杂，经济来源各异，生活方式不同，又导致服饰的质地、款式、花纹都有各自的明显特征。麻山地区的苗族服饰传承是苗族传统服饰与反映明末清初“改土归流”后文化交融的服饰并存。在装饰纹样方面，多以动植物纹样写实，或用品用具写实和生存环境写实为主：如犁尖口、犁耙、草原、蝴蝶、飞蛾、鱼、龙、狗牙、江、麻、葫芦、鸡爪、箭头、龙王女儿、绿马、马、鸟、荞子花、染饭花、人、舌头、小狗崽、猪头、猪蹄杈、牛蹄杈、牛头、羊头、狗头、冰雪花、刺藜花、浮萍、荷花、稻穗、荞子花、铜鼓、灯笼、银杈、铜钱、太阳、青蛙、水爬虫、螃蟹、燕子、田园、河流、苗王印等，色彩艳丽，古朴粗犷。从服饰中充分演绎了苗族人民勤劳朴实，渴求和平，企盼吉祥的寓意。

麻山苗族的美学、宗教、哲学及习俗的传统观念均在服饰中得以体现，苗族服饰被誉为“穿在身上的史书”。作为一种历史文化的积淀、审美意识的反映和生存环境的体现，苗族服饰受到许多专家学者的高度重视。新中国成立以后，各民族团结友爱，互学互助，麻山苗族妇女得以不断吸收其他兄弟民族文化的因素，使麻山苗族服饰花样越来越多，变得更加丰富多彩。

麻山苗族的节日

春节：也叫过大年，腊月二十日左右杀猪，腊月二十九（小月二十八）开始打粑粑至初一。腊月三十早上用粑粑、肉等祭祀火坑中的铁“三脚”。除夕之夜，用粑粑、肉、熟鸡蛋、活母鸡及用稻草芯包火子，大人小孩一起到三岔路口鸣枪放炮叫人魂、牲畜魂、五谷魂、钱财魂回家过年。叫魂后不准做任何大的劳动及做针线。初一清早去挑“新水”，最先到的人于井边烧香纸祭龙，乞求保佑，途中不与别人说话。挑“新水”后，就打最后一甑粑粑。于正堂中安一张长方形桌子，桌上用蕨草（有的支系用芭茅草）垫三摞粑粑。左面一摞最高，中间一摞次之，右边一摞最低。每摞粑粑底层一个最大，越往上越小，上面放一砣糯米饭，糯米饭上插三四根茅草（有的支系不插），似如塔山。每摞配一碗肉（内有豆腐、姜、鱼、葱、蒜），一挂猪肉，最高一摞配猪腿。鸣枪放炮请祖先进家食用。下午热菜再祭一次，就把祭品收于箩筐中，筐上横放扁担，鸣枪放炮送祖先回去。初一还祭祀各种家具及柜子、灶、织布机、大小门、牲口厩等。初二才走亲访友，女婿也才开始拜年。正月间男孩打陀螺，女孩打鸡毛毽。夜间请七姑娘、七姊妹，唱山歌等。

吃尾年：时间是在正月二十七，相当于汉族过“了年”。家家打糍粑，同样做冻肉及一些丰盛的菜肴，祭祀祖宗。过此节后，就要安安心心搞生产了。

送火节：是在正月二十九。这是麻山苗族商量和讨论大事的节日，家家户户出钱买一只公鸡和一只狗，全寨每家一人参加在寨外的水井边搭起火灶，在外野炊。

油粑节：即三月三。苗族将三月三称为“吃油粑”，因此叫油粑节。初二以枫香叶或稻草芯煅烧过后，用白糖、红糖、糯米粉末等调舂于碓中，做成“生粑”吃。初三做大量油粑以备食用及馈赠给宾客。全家人到坟地杀鸡祭祀祖宗包坟挂纸，在墓地进行野炊。如果是当年死亡且有女儿女婿的，女儿女婿要包上一包糯米饭和一只鸡、几挂彩纸前来上坟。

赶坡节：节日选在三月三前后的申、子、辰日举行。节日是为了纪念苗族的英雄祖先而过。三年一小过，五年一大过。过节要砍牛进行祭祀，并开展各种文体活动。

撒秧节：开始撒秧时过，各村寨自行选定吉日，邀约亲朋好友来家杀鸡、打粑粑做糯米饭食用。

劳累节：又叫晒粮节，时间在六月六。“劳累节”，即劳累时过的节日。当日家家户户杀鸡包粽子。杀鸡要留鸡腿给孩子们作为玩水时的午餐。吃过早饭，孩子们带着抽水筒到河边或水塘中射水娱乐。这天有的人家还拿出衣服裤子和粮食来晒太阳，据传说可防虫蛀。苗家谚语有道：六月六，晒虫蛀。

“吃狗月”：即狗月过的节日（苗族以龙为正月岁首，七月则为狗月），也本当于汉族的“七月半”。当天家家户户杀狗过节，也有几户共杀一头牛或者一头猪来食用。十三晚，用牛肉及新糯小米粉搅“懒粑”祭祀祖先及食用。十四日清早蒸五色糯米饭，各扇门外各置一盆染糯米饭余下的紫色渣渣水，全家人用此水洗脸消灾。用红线拴在小孩脖颈上，意为消灾免祸。午饭后女婿开始去给岳父拜年，年轻人唱山歌、斗鸟等。

吃新节：一般在收完庄稼后的八月、九月过，具体时间由各村寨自己选择。节日那天打粑粑、蒸糯米饭，做各种好的菜肴，如蜂蛹等，约亲朋好友来一同过节。将野葱与饭豆等佐料包入粑粑内，趁热食之味美可口。

麻山苗族独特的婚俗

麻山苗族青年男女结婚，有父母包办和自由选择并存。通常是年轻人通过游方认识，双方情投意合之后结婚。或者是通过媒人提亲，女方同意之后结婚。

1. 提亲

苗族地区没有专职的媒人，凡愿意牵线搭桥并了解男女双方情况的男人或女人，都可以充当媒人。麻山苗族婚姻提倡同姓不婚，异姓通婚。一般来说，通婚与否，是以苗姓为准，汉姓作用不大。

媒人上门提亲，一般都会受到热情的招待。媒人前来说亲，一般要带一包红糖到女方家窜门，而且还要婉转地说明自己的来意。姑娘家无论是否答应这门亲事，也不会立即表态。立即表示同意，会显得过于看重对方而不自重；马上表示不同意，又显得轻视对方而失礼，甚至得罪对方。他们一般会对媒人说：多谢某某家看得起我家姑娘，请允许我们考虑个把星期再回话。此后，媒人第二趟还要带着一包糯米饭或者是三个粽粑，去女方家打听消息。女方经过调查了解，如不同意这门亲事，就婉言谢绝，比如说姑娘还小，过几年再考虑婚事。如果同意这门亲事，就把定情物如姑娘的围腰或者上衣等，拿给媒人回男方家看鸡卦，若是鸡卦好的话，媒人还要包着这双鸡卦，带着一包糯米饭、一只公鸡与姑娘家送的定情物和12块放口回第三趟去女方家。女方家要把这只公鸡杀来招待媒人，并把家族叫来一起和媒人磋商其它认亲事宜，约定认亲的日子，向亲戚朋友通报确定这门亲事。

2. 认亲

在麻山苗族地区，无论是通过说媒或是私奔，只要女方家同意后，都要择日举行认亲（拜亲）仪式，以示双边的姻亲关系正式确立。

认亲一般都是女方家放口后两个月内举行，如果把日期拖延则会被别人笑话。认亲的时候，女方家就开始张罗认亲的酒席了。女方会四处邀请同门家族及舅舅、舅妈、姑爹、姑妈前来赴宴。认亲那天，男方家选派9个至11个青壮年男子组成认亲队伍，抬着一头一百多斤的架子猪，背着几包糯米和数只公鸡，还有红糖等物品，浩浩荡荡的向女方家走去。认亲的队伍到家后，先请人来杀那头架子猪来宴客。随后两边的家族长辈同坐一桌吃饭，男方把认亲钱交给女方家族清点，认亲钱有120元、240元或者360元不等，它们分别象征一年的十二个月、二十四节气、三百六十天。随后，认亲队伍又跟着女方叔伯弟兄挨家挨户吃认亲饭。每从一家出来都要给此户老人送礼钱，以前都是送两块，到现在由于物价的原因，大多都是五块到十块才。

男方的认亲队伍返回时，女方家族回赠的礼物是一串粽粑，一张洗脸帕，而女方家回赠一条裤子或者是上衣和三个大粽粑。

3. 彩亲议聘

认亲过后，男方还要组织家族中数人择日赴女方家开“彩亲议聘”。彩亲议聘，苗语称为 sox qeux，拿去女方家的礼物是一头架子猪、一箩糯米饭，一只已杀好褪了毛去了内脏的子鸡。另外，还要准备一壶酒、一只公鸡去请女方母舅吃彩亲饭。到了女方家，先进一餐小饭。随后在堂屋中间摆放一个簸箕，上面放着三个碗，其中两个装酒，另一个碗专门用来盛彩礼。男女双方家族首先将母舅钱讲好，按大舅、二舅、幺舅的顺序，分别送给他们120元、72元、36元不等。每议好一项，就把钱放在碗里，由女方家族人员把钱清点，然后交给女方父母。麻山苗族的婚姻，如今是自由缔结居多，由父母包办的占少数，但都要付彩礼，数量多少视男方家庭经济状况而定。20世纪90年代以前，彩礼最多只是一千元左右，少的为两三百元。现在，由于生活水平不断得到提高，物质生活逐渐丰盈，因此麻山苗族在议聘时彩礼也飙升至一万余元，但少的有数千元。

4. 私奔

在麻山苗族地区，因为私奔是反对封建婚俗的唯一利器，青年男女私奔是很常见的。男女双方只要情投意合，不用请媒人去说媒，也不管女方父母同不同意，姑娘直接与男生私奔到男方家。姑娘到家当天晚上，寨邻老少和亲朋好友都要来鸣放鞭炮祝贺。男方则要杀一头架子猪，和一只全身一色的公鸡或母鸡摆宴招待客人。同时，还要叫上几位家族长辈和寨老，与这对情投意合的年轻夫妇共坐一桌吃饭。席间长辈和寨老们，分别轮番询问姑娘是否已有婚约、家庭成员和住处等。随后，还要询问男女双方的感情，姑娘必须回答："我自愿与某某结为夫妻共同生活，不起二心。要是我反悔我就找一个婆娘给他。"男方必须回答："我自愿与某某结为夫妻共同生活，别无二心。要是我不要她，我的房子、田地都归她。"最后，小两口要给长辈、寨老和亲戚朋友们敬烟敬酒，男方要把邻里亲戚一一介绍给女方认识。

等到第三天，新郎要找两个能说会道的男人，带着一只公鸡（拿去看卦）、一壶12斤包谷酒、数包糯米饭和红糖（视新娘后家有几个叔伯弟兄而定）去知会姑娘的家人。女儿私奔既成事实，大多数当父母的只有默认这桩亲事，只有少数人不同意，甚至组织人去把女儿抢回来，或者从此不认这个女儿，一辈子不让她回娘家。如果新娘的父母认可，他们会把公鸡和礼物收下，挽留前来知会消息的客人，热情招待；如果不同意，他们不仅出言不逊，还把所带去的礼物全部扔出屋外，将前来知会的人拒之门外。

5. 接亲

举行婚礼，麻山次方言苗语称为：ax qeux，meut nyat，haf nplies，意为结婚、接老婆、嫁姑娘。男方在彩亲议聘时，有的已把接亲的黄道吉日约好，也有的返回后几天内，请人看好期辰，再叫媒人去女方家约期程的。接亲时新郎家在婚期的头一天要选派五个，或者七个有酒量的青壮年男子，和两个伴娘（20岁以下未婚的女子）组成迎亲队伍，其中一个必须是新郎的亲伯或亲叔作押礼领队。同时，还要喊七八个甚至更多的年轻小伙子去当挑夫，他们只负责出力抬嫁妆，如衣柜、组合柜、洗衣机等物品。迎亲的人要抬着两箩糯米饭，一方猪肉，其中一箩糯米饭要放煮熟的猪内脏，一样一点放在里面拿去新娘家。迎亲队伍刚到寨门口，新娘家已早有准备，设好了几道拦路酒。迎亲的押礼队伍每个人喝过拦路酒后，才能进入新娘家。这时，新娘开始在屋里哭唱嫁歌，大"骂"接亲人和媒人，但接亲的人均不能还口，只能多说好话以平息"吵闹"，有的甚至一直哭到第二天早上发亲时才停止。如今，随着时代的变迁和习俗的变化，兴嫁已逐渐消失不见踪迹。随后，新娘家找来一名祭师，在堂屋里用簸箕摆上一桌菜肴，再喊双方家族长辈三四个人与祭师一起供祭新娘家祖先，新郎家陪供的人要拿一个红包放在祭桌上，红包里面包着3元或者6元祭祀钱。祭毕，双方家族长辈和祭师每人要夹几块肉吃，整个祭祀仪式才算结束。然后，新娘家设宴招待迎亲队伍，并请邻居来陪吃喝。新娘家的人频频向客人敬酒，小姑娘们则站在旁边端着饭盆劝饭，嬉笑声经久不息。

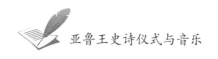

迎亲队伍在新娘家住了一晚上，次日一早便接走新娘。在发亲出门时，由新娘的大哥或者兄弟从屋里背出娘家大门，来接亲的伴娘，在大门外打开大红伞接住新娘背在背上，走在队伍的前面。新娘家送一箩糯米饭、一块猪肉。糯米饭是为到新郎村子边时让小孩子们抢吃而备的。随新娘到新郎家去的还有新娘的父老兄弟和姐妹们。送亲的人不超过 13 人，麻山苗族认为接亲、送亲的人必须为单数，回来的时侯为双数，这才是最吉利的。

送亲和迎亲的人浩浩荡荡向新郎家行进。帮忙抬陪嫁品的年轻小伙们汗流浃背的来到寨门口休息等候送亲队伍，当迎送亲队伍进入村口，围观的孩子们成群结队的站在路旁。这时，扛糯米饭的接亲人把糯米饭和喜糖分给孩子们吃。新郎家早已叫祭师在三叉路口，把一棵已用五色线捆住中间的打粑棒放在那里，等待新娘跨过，以示去污除秽。新娘来到新郎家门口的时侯，新郎的伯母、叔娘已在门口中间摆着一半盆清水，再在水中央放置一盏清油灯，用筛子罩住，然后把新娘架来跨过油灯走进洞房。在新娘跨过门槛的那一瞬间，新郎家最为忌讳孕妇在场观看，认为那样不吉利，会影响夫妇和睦。因此，有孕在身的妇女都会避得远远的。不仅如此，连新郎父母和新郎都不得在场观看新娘进屋，否则，今后两口子和公婆媳之间都会经常吵架。新娘家的送亲队伍进入新郎家，同样也要先喝好几道拦路酒。新娘来到新郎家后，举行的结婚仪式，有新郎新娘在婚宴上向长辈敬酒敬烟，翁姑、母舅分别轮番给新郎戴花挂红等等。

婚宴之后，送亲队伍和新娘要在新郎家留宿一夜，第二天一早吃过早饭，新娘便由送亲队伍带回娘家。这种由老人包办的开亲方式，只不过是举行了结婚仪式，新娘打个照面就回娘家了，婚期当天新郎新娘并未同居。此后，到了农忙季节，新郎家才去把新娘接来，农忙过后又让其回娘家。经过几次往返或新娘有了身孕之后，才长居夫家。

麻山苗族丧葬习俗

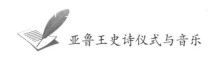

麻山苗族，同样有着其独特的丧葬礼仪风俗，亚鲁王史诗的演唱场合主要是在丧葬活动中。麻山苗族丧葬主要有以下几个环节：

1. 守终入殓

麻山苗族人民自古以来和睦团结，有生死共济的美德。只要闻讯某家老人病重后，除了本家和女儿女婿以外，寨上的邻居也会日夜参加守护，直到老人过世。老人临终时，儿子儿媳、女儿女婿们都会一直守在老人身旁，轮流抱着老人，表示对老人最后的孝敬和永别。

老人咽气后，就马上给其净身、整容和穿戴。给死者穿戴时，首先要在死者口中放入少许碎粒银片，为死者镶住银牙；然后给其穿戴寿衣（必须是奇数，且“上五下三”，即上衣5件，裤子3条），系扣子时留着领子上的那颗不扣。穿戴完毕后，用一块土布毯裹着死者，用麻线系好颈部、躯干、下肢等三道，再用麻绳把两块竹条绑住木板的两边后，将死人仰放在木板上，然后在死者头部盖上青蓝五色花面布巾。入殓前，尸体应停放在棺材一边，男左女右。在尸前点上一盏清油灯，等候入殓。准备入殓时，先把棺材清扫过后，用白纸铺上厚厚的一层，再放些纸钱，才把子女（从大到小之顺序，先儿子后女婿）的孝毯孝帕铺好在里面，最后才把死者仰放在棺材里，再蒙上数块面巾然后合上棺盖。灵柩停放在中堂内，在棺头前摆一张矮几，矮几上放两个香瓮和一盏清油灯。入殓后就鸣炮吹角，随后寨老们聚集共商报丧停丧事宜。

2. 奔亲报丧

随着鼓乐和鞭炮声响起过后，唢呐的声音报去了这位老人寿终的噩耗。寨邻们不约而同地奔往丧家，与丧家一起哭丧致哀。本寨的寨老都主动坐在一起商量后事，择定好送葬日期之后，派人分别去把丧讯报知丧家亲戚（当然，现在主要通过手机报丧）。被派去报丧的青年到亲戚家之后，一定要先把发丧日期准确地告诉对方，以免奔丧时误期。奔丧时不吃荤菜，也不吃用砧板切过的菜，忌吃动物油，只能吃用菜油煮的饭菜。

麻山苗族行丧时，娘舅、姑妈、女婿等三家亲戚在丧场中被尊为丧家主客而受到敬重。所以，娘舅、姑妈和女婿等接到丧讯时，都要煮上一包糯米饭，提着一壶酒随报丧人员回丧家哭丧。

图 5　葬礼上的室外哭唱

3. 停丧守灵

苗族老人寿终辞世，停柩一般不得超过十一天。停柩期间，由本家族懂祭礼的人负责每天早晚煮些黄豆、豆腐、米饭、酒和一尾小鱼等祭奠亡者。同时，还要为亡人准备陪葬用的火镰袋，草鞋，五路旗，饭箩，水筒，簸箕、斗篷、米袋，钱包等。而死者的女儿则要在停柩的第三天或第五天需带糯米饭去悼祭，为亡者送午餐。供祭亡人的酒饭全部倒在称为“粮仓”的饭箩和酒坛里。停丧守灵期间有一些传统游戏活动，如猜灯谜、打跳粑、耍杂技、三人打鼓和吹唢呐等。

4. 杀猪开路

麻山苗族行丧后，在举行丧祭的前一天下午，要请歌师唱诵亚鲁王迁徙史诗、杀猪为亡人开路，这是麻山苗族宗教为亡人超度升天和认祖归宗的仪式。杀猪人必须是用钱雇请外姓人或是孤寡人员，把猪杀后打整好交给师人。准备举行开路仪式时，歌师击鼓、儿媳哭丧，孝子跪地烧香。随即歌师手持一把用麻线和毛巾系把的开路刀，头戴一顶斗篷，一小把粟米摆放在棺前案桌下面，猪肉壳和内脏均装在一个蔑编竹笼里面，放在棺材脚下，一切准备就绪，歌师才开始朗诵开路歌。

5. 丧祭良辰

麻山苗族行丧大祭是在发丧送葬的前一天举行的。这一天，寨里主持丧礼的寨老（一般为东郎）就坐镇丧家进行指挥。5 人至 7 人的丧家媳妇组成一帮哭丧迎宾队伍，也列队在门口等候宾客的到来。最风光的是女婿的做客队伍，除了兴理规时必用的土酒、米饭、烟叶、三尾小鱼、豆腐、黄豆等祭品外，还带上一头猪或是一头牛去做祭品，要请唢呐锣鼓手，还要糊灵房、纸马、彩灯笼、及花环彩旗，庞大的队伍婉如游龙一般，大路上号角嘟嘟，唢呐锣鼓声声，扛的扛抬的抬，热闹极了。女婿拉来的牛必须在丧祭当天宰杀。举行杀牛祭礼时，由祭师把牛牵到丧家门外，叫着死者苗名把牛杀死祭给死者，然后把牛交给厨房。

做客那天如果还有砍马仪式的话，要在门外安桌子摆鱼等祭品，唱诵砍马经（对于砍马，后文的仪式实录中有详细记载，此处不赘述）。

6. 认祖归宗

丧祭当天晚上，由祭师轮流为亡人朗诵祖先迁徙史诗和引路歌，告诉亡人祖先居住的地方。深夜三更，则由主祭师为亡人诵认列祖列宗家谱词，对亡人诉说同宗列祖去向，祈求祖先认领亡人灵魂回归祖先居住的地方。要在鸡叫前为亡人诵完引路歌。五更后，祭师手提一只不含杂色的仔母鸡为亡人开诵鸡图腾歌。天蒙蒙亮必须诵完，之后，把鸡摔在门枋上。再用一棵削尖了的木槁穿透鸡身，插在饭箩的中央。

7. 发丧送葬

天稍亮了，丧事已毕。寨老和管事就开始组织人员抬柩发丧。在发丧时，由祭师拿一个鸡蛋横置在棺盖上，并用已系好五色线的生、干桃枝各一枝放在鸡蛋的两边。这时，祭师口念分魂咒语，手持开路刀把鸡蛋斩成两半。表示生者与亡人永远断绝往来，接着把生桃枝插在门楣上，而干桃枝则随棺发丧。发丧出门后，娘舅、姑妈、女婿及其他亲戚的唢呐锣鼓手都在灵柩后吹乐打鼓护丧上山。而灵柩则由寨上和亲戚的一帮年青小伙轮换抬着上山，二人在最前面抬粮仓，一人点火把，孝子则边走边跪撒纸钱并用弩射驱邪标朝前开路，一人则负责鸣放鞭炮，两人拿酒壶和碗负责倒酒敬烟招待客人。儿媳则在出丧队伍前列用一箩米糠点燃烽烟哭丧，如果烽烟不是向前飘，而是向后飘回丧家，儿媳会一直哭到烽烟向前飘才回来家。

8. 买山安葬

抬灵柩到坟地后，瞄好向山就立即修整平地安穴，并燃烧娘舅、姑妈、女婿的凭悼祭幛在穴坑里，再将两节已截好的杉木放在坑的两头，把灵柩安放在上面。这时，孝子爬上棺盖用挖锄挖三锄泥土堆在棺盖之上后、大家一起七手八脚砌石包坟，撮土填实。随后，如果是新坟地就必须买山：用一只公鸡，几两木炭。5 人至 7 人绕着坟包走三圈进行买山仪式，一人拿挖锄走几步挖一坑，一人则提着鸡扯几羽鸡毛放入坑中，一人则拿着木炭丢入坑，一人问："以什么为界？"一人回答："鸡毛火炭为界。"最后一人拿薅锄盖坑。此时买山完毕燃放火炮后即可回家。

9. 回山除祭

坟包砌完以后，送丧的客人和丧家的人都从墓地边回来。在丧家门口前，祭师一边念着除祭辞一边用一缕麻线捆着的小把茅草烧后丢入盛有清水的盆里，放在门口等候从墓地回来的人洗手除邪；在堂屋里的香火脚下，放着一碗熟猪肉和一碗烧了麻线捆着棉团放里面的除祭水；丧家的人都要每人夹一片肉蘸着除祭水吃了解祭，才能开荤。随后，娘舅、姑妈、女婿等三家亲戚和寨邻每家都要带着一包米饭（或糯米饭，是女儿女婿的必须是糯米饭）、一壶（瓶）酒、一只鸡和三挂纸花到墓地供祭亡者，挂上纸花。丧家也要打一箂糯米粑，把它摆在中堂香火的祭桌上。祭桌是用草果叶铺好的，上面放一堆或数堆糯米粑，一堆要有 3 个或者 5 个糯米粑，每堆旁边放着猪头或者是猪脚杆（新去世的亡者一定放猪头），一双筷子，一碗酒，一碗饭，由祭师坐在祭桌前喊着亡者的名字供祭。祭祀礼毕，整个葬仪结束。

三、麻山苗族信仰、崇拜及禁忌

麻山境内苗族主要是信仰原始宗教，崇拜祖宗及自然物，有少部分信仰天主教。

天主教于 20 世纪初传入境内，法国传教士布道在在麻山并建立教堂，发展不少教徒。现在，紫云县宗地镇的湾塘、鼠场、猛坑等村有 280 余人信仰基督教。

苗族最为崇拜的是祖宗。每死一个老人，都要杀牛砍马进行祭祀，逢年过节，丧事喜事，都先祭祀祖先，然后才办理其他事宜。

自然崇拜，就是对大树、高山、巨石、怪石、水井要礼拜祭祀。小石、小龙、小神等人名，都是拜寄自然物而得。

寨神，俗称土地庙，每个自然村寨的寨边或路口都有，大都用怪石、古树充当，每个寨子每年都要到寨神祭祀一次，乞求保佑寨人。

占卜，许多苗族寨子还保留有图文并茂的鸡卦书，丧事喜事，都要以鸡骨进行占卜。其次，还用望蛋、烧米、望米、吊剪刀、打“弥拉”等方法进行占卜。

禁忌在过去是很多的，随着科学的不断发展，禁忌逐渐少。现在的禁忌还有：父母去世的当年，子女忌吃蜂蛹、蜂蜜，忌用绿色蔬菜招待媒人。平时或喜庆之事分碗筷时要以逆时针方向分，斟酒也如此，丧事则相反。炒菜放锅，平时或喜庆时，锅耳要与房梁平行，丧事要与房梁垂直。

四、麻山苗族的语言文字

川黔滇苗文

苗语属汉藏语系苗瑶语族苗语支。麻山次方言区在西部方言区中人口最多，其又可分为六个土语区：麻山苗族又分为六各土语区，即“以紫云苗族布依族自治县宗地乡（现已更改为‘宗地镇’）的中部土语区、以长顺县的摆梭为代表的北部土语区、以望谟县乐宽乡为代表的南部土语区、以紫云苗族布依族自治县四大寨乡为代表的西部土语区、以罗甸县木引乡把坝寨为代表的东南土语区、以望谟县打狼乡岜奉寨为代表的西南土语区”[1]。

相传苗族在古代曾有过文字，只是后来失传了。这种说法并无实据可考，只以民间传说的形式保留（相传苗族祖先蚩尤与炎黄二帝作战，败后大举南迁途中经过波涛汹涌的大江大河，大部分运载文字的船只被大水吞没，只有少部分被抢救上岸，又不幸被饥饿的牛嚼碎吞食。）由于麻山苗族语言发音较接近苗语西部方言，为方便研究麻山苗族的历史文化，麻山苗族统一使用新中国成立后创制的“川黔滇苗文”[2]。

[1] 李云斌：《苗语方言划分遗留问题研究》，中央民族大学出版社，2000，第 237 页。

[2] 川黔滇次方言苗文采用 26 个拉丁字母创制，以贵州省毕节市燕子口镇大南山苗族口音为标准音，共有 8 个声调、28 个韵母和 56 个声母。该方案主要以贵州民族学院 1956 年、1957 年两期苗文师资培训为起点，逐步在川黔滇苗族地区推广。

以紫云县宗地苗语为标准的苗文方案[1]

在亚鲁王文化研究中心工作人员搜集、整理和翻译的过程中，第一套成果便是由余未人执行主编的《苗族英雄史诗〈亚鲁王〉》（中华书局，2011），该书用的就是川黔滇苗文。然而，亚鲁王文化研究中心工作人员全部来自川黔滇苗文麻山次方言，在翻译亚鲁王史诗时，由于川黔滇苗文是以贵州省毕节市燕子口镇大南山苗族口音为标准音，这个标准音与麻山苗族语言存在一定的差异，许多词语无法翻译。于是，亚鲁王文化研究中心工作人员在川黔滇苗文标准音的基础上，结合麻山次方言（宗地镇红岩村苗族语言）发音实际，在相关专家的指导下，创制了一套适合翻译亚鲁王史诗的语言方案，即《麻山次方言（宗地苗语）苗文拼写方案（初稿）》。

严格来说，麻山次方言苗文仅有八类大调：x，b，d，z，（t、c），（p、pp），（k、s），（l、f），但从上列调值代表字母来看，麻山次方言苗文的声调 12 个声调，这是因为后面四类变调中每类有两个变调，因此派生成八个变调。如前面这四类 x，b，d，z 等四个声调的发音则是永远不会变调的，因为它们只有一个调音一个调值；说出的语音只能代表一个意思。比如：box 就只是“奶奶”的意思，nbongz 就只是“挖”的意思，ndaob 就只是“布”的意思，ndod 就只能是“砍”的意思等等。而后面这四类（t、c），（p、h），（k、s），（f 、l）等四个均为一声双音（即是同一个调音，两个不同的调值，分别以轻声 [闭气声] 和重声 [送气声]）发音的，说出来的语音随着调值的变化而改变其语音的意思。比如：daot 是轻声（闭气声），表达的意思是“得”；而 daoc 是重气声（送气声），则表达的意思是“退”；ljop 是轻声（闭气声），表达的意思是“砧（板）”；而 ljoh 是重气声（送气声），则表达的意思是“大”；bok 是轻声（闭气声），表达的意思是“捂”；而 bos 是重气声（送气声），则表达的意思是“浸泡”；

[1] 由亚鲁王文化研究中心提供。

lof 是轻声（闭气声），表达的意思是“镶”，而 lol 是重气声（送气声），则表达的意思是“老”。从上面的拼读实例中我们可以看到：它的规则正如鲜松奎先生所说的一样，后面这四类变声调的创制设计，部分苗文声母可以省略掉，使得学者不用去背诵冗杂而庞大的声母群，便于牢记声母和拼写应用，而且又能准确无误的表达麻山苗族次方言原语的意思，应该说这套语音系统这是非常科学和实用的。

图 6 东郎对唱（杨正超 / 摄）

第二章

亚鲁王史诗及其演唱艺人

苗族亚鲁王史诗典型传承且活态运用于西部方言麻山苗族地区，主要是在西部苗族葬礼上进行演述和演唱。苗族亚鲁王史诗所传唱的是西部方言区苗人的迁徙与创世的历史，在部族战争中，亚鲁王带领苗人进行了悲壮惨烈的征战，失败后又艰难迁徙到贵州高原。苗族亚鲁王史诗具有创世史诗、迁徙史诗和英雄史诗等三方面的内容，是迄今所知的第一部苗族长篇英雄史诗。

一、亚鲁王史诗的发现

早期田野工作

亚鲁王史诗的田野工作，得益于麻山苗族青年杨正江[1]的挚爱和坚持。2003 年，杨正江当时还是大学二年级的学生，在其导师

[2] 杨正江，苗族，2006 年毕业于于贵州民族学院民族语言学专业。自大学二年级即 2003 年开始，便经常孤身一人前往麻山地区进行有关“亚鲁”故事的田野调查。2009 年初起，他全面负责翻译和向外界介绍亚鲁王史诗，期间对亚鲁王史诗的田野作业也未间断。时至今日，他所进行的有关亚鲁王史诗的田野调查已近 8 年之久。

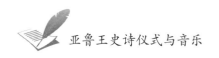

吴正彪教授的影响和引领下，开始对流传于贵州麻山地区的苗族古歌进行田野调查搜集记录工作。至2009年初，杨正江已行走麻山六年，收集了若干《亚鲁王》古歌，翻译三千余行。当时他就把这些古歌命名为：麻山苗族古歌《羊鲁》。

2009年3月，紫云苗族布依族自治县人民政府成立“县非物质文化遗产普查与申报小组”，时任紫云县松山镇人民政府驻村干部的杨正江被借调到该工作小组主持“非遗”工作，随即拿出麻山苗族古歌《羊鲁》的翻译手稿。同月，紫云县非物质文化遗产普查与申报工作小组的田野调查工作越出了紫云县境，到周边的罗甸、望谟、长顺及镇宁等县，对麻山苗族古歌的传承区域作了摸底调查。2009年4月，在著名苗学专家杨培德先生的指导下，“麻山苗族古歌《羊鲁》”正式更名为苗族亚鲁王史诗。2009年5月，时任中国民间文艺家协会副主席余未人，出于文化良知的触动，自荐担当并引领亚鲁王史诗的收集整理翻译与申报国家级非物质文化遗产的工作。2009年7月，时任紫云苗族布依族自治县委书记辛卫华多次到紫云苗族乡镇对亚鲁王史诗进行调研，走访歌师。面对苗族亚鲁王史诗歌师传承濒危的状况，辛卫华书记迅速作出指示，要先以年老体弱的典型歌师为抢救搜集对象，采用录音、录像同步进行，并全程记录，务必确保数据库的抢先保存。同月，县委书记辛卫华提出了要成立“县非物质文化遗产苗族亚鲁王史诗抢救、保护领导小组”。2009年9月亚鲁王史诗通过贵州省非物质文化遗产名录项目的评审，入选为民间文学类第1号项目，并被列为贵州省的国家级非物质文化遗产名录项目申报的第1号名录项目向国家文化部申报。同月，国务院参事冯骥才派出工作组到麻山进行初期的亚鲁王文化录音录像工作，由余未人先生带队。

2009年10月初，临聘此前曾经跟随杨正江学习过苗文，掌握一定苗文基础的，时任宗地乡大地坝村主任、农民知识分子杨松，到紫云县文体广电旅游局亚鲁王工作组，参加亚鲁王文化的收集和翻译工作。2009年10月中旬，紫云县“非物质文化遗产苗族亚鲁王史诗抢救、保护领导小组”负责人杨正江在文体广电旅游局临时组建“亚鲁王工作室”，并于同年11月，临聘了热爱民族文化的宗地镇鼠场村的农民知识分子吴斌到“亚鲁王工作室”参加工作，2010年7月借调对民族文化具有浓烈感情的宗地民族中学政教主任杨正兴，和猴场镇中学教师韦聪到“亚鲁王工作室”参加田野收集与史诗翻译的工作。从一个人的团队，到陆续加入了几名和杨正江一样热爱自己民族文化的麻山知识分子，他们树立“做一名基层文化战士”的理念，日夜行走，为民族信仰坚持着。

2009年亚鲁王史诗被文化部评为“中国文化十大新发现”之一。同年11月，著名文艺评论家、作家、人文学者、民间文学家刘锡诚先生在文化部文化工作会议上公开发言：“南方发现的苗族英雄史诗——《亚鲁王》，是21世纪的新发现新成果，它将改写中国文学史和文化史。”

2009年12月28日至30日，县委书记辛卫华带领县非物质文化遗产苗族亚鲁王史诗抢救、保护领导小组，及《亚鲁王》搜集翻译工作组，在贵阳举行了“苗族亚鲁王史诗翻译疑难问题研讨会”，邀请了20名苗学专家共对《亚鲁王》的疑难问题进行了指导，初步讨论并确定了亚鲁王史诗为苗族英雄史诗。

2010年3月，亚鲁王工作室迁往贵阳紫林庵，以便就近向专家学者请教。2010年4月初，工作室邀请亚鲁王史诗传承人陈兴华和杨再德，到贵阳参与苗族亚鲁王史诗的翻译。同月，冯骥才先生接受记者采访时发言：“中国民协今年的工作重心在民间文学的抢救和整理上，因为传统的口头文学到最后的时候了，苗族的英雄亚鲁王史诗是目前的重点抢救对象。”

2011年被列入国家级非物质文化遗产民间文学类代表作名录。2011年11月，《亚鲁王》第一部交付中华书局出版发行。2012年2月21日，《亚鲁王》第一部出版发布会在北京人民大会堂召开。

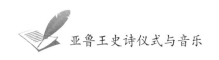

时任中宣部部长刘云山发来贺信，贺信指出“苗族英雄亚鲁王史诗的翻译、整理和出版是民间文化遗产抢救工程的一个重要成果，必将对我国优秀民族民间文化传承和发展产生重大而深远的影响。”

2013 年，“亚鲁王工作室”更名为亚鲁王文化研究中心。目前，亚鲁王文化研究中心正在紧密锣鼓的开展亚鲁王史诗的支系（子）史诗搜集及翻译工作。

亚鲁王史诗概述

亚鲁王是古代苗族部落的一位王族后裔，在部族战争中，带领苗族人进行惨烈的征战，为了避免更多的流血牺牲，主动退避迁徙到南方的石山区，进入贵州麻山。《亚鲁王》史诗是迄今为止第一部苗族长篇英雄史诗，也是西部苗族创世、征战与迁徙等口述历史的苗族古歌，所传唱的是西部苗族创世、征战及迁徙的历史。

亚鲁王史诗除主要流传于在麻山地区。此外，贵阳市、花溪区、龙里县、息烽县、平坝县、黔西县、大方县、织金县、威宁彝族、回族、苗族自治县、镇宁苗族布依族自治县、关岭苗族布依族自治县等西部方言苗族地区也有少量流传。

苗族亚鲁王史诗是展现苗族古代社会的百科全书，具有民族学、人类学、文学、历史学、宗教学、神话学、美学、语言学和民族音乐学等价值。

“亚鲁”为苗语“Yax Lus”音译，是一个真实存在的人，是西部苗族世代崇拜的英雄领袖，因西部方言不同次方言及其不同土语区的语言差别，民间对“亚鲁”称谓有些许差异，如耶鲁、杨路、牙努等，实际上这些名称就是同一个人。为了便于传播，学者提议根据音译统一汉译为“亚鲁”。因在史诗中，“亚鲁”是西部方言区苗族人世代崇拜的英雄领袖，能上天入地，上可与祖先对话，下可与同胞一起生活繁衍，以英雄祖先形象贯穿全诗，扮演着承上启下的重要角色，故称为“亚鲁王”（Xiud Yax Lus）。

从全诗内容上来看，亚鲁王史诗包含着苗族人对自己族群英雄领袖的崇拜和缅怀，是苗族人的一种精神信仰。苗族亚鲁王史诗所传唱的是西部方言区苗人的迁徙与创世的历史，史诗主角苗人首领亚鲁王是他们世代颂扬的英雄，由于崇拜至深而具有神性的亚鲁王，是一位深谋远虑、英勇豪迈、开拓进取、有情有义的活生生的人，千百年来与代代苗人息息相通。

亚鲁王史诗由东郎在葬礼上唱诵。文革前，完整的唱诵最长需要六七天（贯穿整个葬礼仪式），史诗里包含创世、征战、迁徙、砍马的道理、砍树的道理、杀鸡的道理等内容。各家族唱诵的时长各异，这主要与各家族历史和谱系有关。文革后，唱诵已经简化，如果有砍马仪式，则需要唱诵 3 天，内容同样包含史诗里的创世、征战、迁徙、砍马的道理、砍树的道理、杀鸡的道理等内容，但远没有文革前唱诵的内容完整全面。2011 年由中华书局公开出版的第一部《亚鲁王》共 10819 行，尽管这不一定是亚鲁王史诗的确切行数，但已完全说明亚鲁王史诗的浩瀚与磅礴。

亚鲁王史诗为何在葬礼仪式中演唱呢？经调查得知，西部方言麻山次方言的苗族人，只要有人过世，就必须唱诵亚鲁王，其目的主要就是要向亡灵讲清楚苗族的过去、现在及亡灵的归宿，这样亡灵才能顺利回归故国与祖先团聚。唱诵的主要内容为苗族的创世史诗，交代亚鲁王家族谱系，亚鲁王的成长经历，亚鲁王征战，战败迁徙，智取荷布朵，分封王子，王子迁徙，麻山各支族谱系等。史诗由东郎在葬礼上唱诵，文化大革命前，完整的唱诵最长需要 6 天 ~ 7 天（贯穿整个葬礼仪式），内容包含史诗里的创世、征战、迁徙、砍马的道理、砍树的道理、杀鸡的道理等内容。各家族唱诵的时长各异，主要与各家族历史和谱系有关。文革后，唱诵已经简化，如果有砍马仪式，则需要唱诵 3 天，内容同样包含史诗里的创世、征战、迁徙、砍马的道理、砍树的道理、杀鸡的道理等内容，但远没有文革前唱诵的内容完整全面。

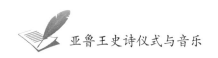

亚鲁王史诗是活形态的史诗，在麻山苗族地区传唱的时间已有了一段很长的历史，至今仍然保留于麻山苗族地区三千多名东朗的记忆里。多年来，东朗们庄严、神圣地唱诵着自己先祖亚鲁王的英雄事迹，唱诵着民族的历史，亚鲁王史诗就是西部苗族的信仰经典。史诗的传承方式是以口传心授为主，传授的时间主要在农历的正月与七月，招收徒弟要严格按照传统仪式进行。现在，随着现代化进程不断推进，人们外出打工，麻山苗族青年开始借助录音、录像等方式学习、传唱和传承亚鲁王史诗，并逐渐成为新一代的东朗。

二、亚鲁王史诗的演唱艺人

民间文学是劳动人民的集体创作。在广大的群众作者里面，有一部人是很有见识和才能的民间艺术家，他们熟悉民间文艺，具有较高的编唱或演出水平，深受人民群众喜爱。他们被称为民间诗人、歌手和故事讲述家。[1]亚鲁王史诗作为麻山苗族民间音乐、民间文学的代表作，同样拥有着一群对其进行演唱与传承的“民间艺术家”，他们被当地人称为东朗。

东郎是麻山苗语“bof hmuf”（中部土语）、“blos hmul”（北部土语）等的汉语音译（六个土语区对东郎的称呼略有差异）。在麻山苗族人的意识中，东郎不仅是演唱和传承亚鲁王史诗的民间口头艺人，同时还是对本民族文化无所不知、无所不通的特殊群体他们既是民间诗人、歌手、故事讲述家，也是民族文化的承载者和传播者，是一个指涉性较广的概念。

---

[1] 钟敬文主编《民间文学概论》，上海文艺出版社，1980，第 116 页。

图 7 亚鲁王史诗传承人东郎（杨正超 / 摄）

东郎的通常是男性[1]，热衷本民族文化，并不具备“灵媒”的性质。麻山地区现今到底有多少位东郎？据杨正江先生的调查，估计整个麻山地区的东郎数量为 3000 名，而仅紫云县东郎的数量也不少于 800 名。麻山地区六个县地域环境相似，人文背景情况基本相同，紫云县在麻山六县中苗族人口数量最多，是麻山苗族文化的代表性区域，因此，紫云苗族布依族自治县便成为《亚鲁王》文化保护工作的核心区域。2010 年初，紫云县委、县政府从各乡镇学校选拨苗族老师，成立了“亚鲁王史诗演唱者普查队”，对县内能诵唱《亚鲁王》的东郎情况进行普查，具体走访东郎近 228 人[2]，并将其基本情况汇总整理成专项材料上报贵州省文化厅存档。由于紫云苗族布依族自治县是麻山苗族分布的集中与典型区域，我在本书中对东郎的调查与分析基本建立在对紫云苗族布依族自治县的东郎个案调查基础之上，其中包括普查队获得的资料以及我于 2010 年春节及暑假独自对 34 位东郎进行的田野访谈所获材料。

[1] 据很多“大东郎”说，亚鲁王史诗传男不传女。而紫云文化馆在把《亚鲁王》申请为非物质文化遗产的省级或国家级的录像视频里，有一女性演唱《亚鲁王》的片段，但是她没有且也不可能去学习《亚鲁王》，她会唱是由于其父亲是位东郎，父亲在给其他人传授《亚鲁王》时，她旁听而识记一些片段。

[2] 普查队所调查到的东郎人数与杨正江估计的 800 相差甚多，导致这样的结果有其诸多因素：普查的性质是一项政治任务，带有官方色彩；普查的地点在各乡镇政府办公室，而不是具体的田野：走村串户。等等。

关于东郎的分类，我借鉴了相近领域的研究成果。在《格萨尔》《玛纳斯》两部少数民族英雄史诗的研究过程中，学者们曾根据学习方式或唱诵能力的大小（背唱史诗篇章的多少）对其传唱者进行分类。例如我国著名《格萨尔》专家杨恩洪教授根据“仲堪”[1]的习得方式，认为可将其分为神授艺人、闻知艺人、掘藏艺人、吟诵艺人和圆光艺人五类[2]；在《〈玛纳斯〉百科全书》中，把《玛纳斯》的传唱者“玛纳斯奇”分为“学习过程中的玛纳斯奇”“不完整的玛纳斯奇”“真正的玛纳斯奇”和“大玛纳斯奇”四类[3]；而我国著名《玛纳斯》专家郎樱教授则根据“玛纳斯奇”背唱能力的大小（记忆歌词量的多少）把“玛纳斯奇”分为“大玛纳斯奇”与“小玛纳斯奇”两类[4]。以上各种分类视角均有其独特性与合理性，在研究中我借鉴郎樱教授对于“玛纳斯奇”的分类方法。

田野调查中，当我向当地人询问“谁是最著名的东郎”这一问题时，发现他们是以东郎拥有“langf”（榔）[5]的多少作为其能力大小的判断标准：一位东郎拥有的“langf”越多，能唱颂的篇章便越多。如紫云县水塘镇格凸河村90多岁的黄老金（已于2014年病逝），大营乡芭茅村芭茅组69岁的黄老华、83岁的黄老乔，宗地乡山脚村盖角寨组75岁的杨再华，宗地乡德昭村上德昭组56岁的陈小满等东郎，可以演唱《亚鲁王》的大部分篇章，他们大都有过千场以上的唱诵经历，如杨再华主持唱诵《亚鲁王》3000多场，黄老华8000多场，而黄老金主持唱诵逾万场。这类能力强、记忆歌

[1] 演唱英雄史诗《格萨尔》民间艺人的称谓。

[2] 杨恩洪：《民间是神：格萨尔艺人研究》，中国藏学出版社，1992，第56页。

[3] 阿地里·居玛吐尔地：《〈玛纳斯〉史诗歌手研究》，民族出版社，2006，第33页。

[4] 郎樱：《〈玛纳斯〉论》，呼和浩特：内蒙古大学出版社，1999，第68页。

[5] “langf”汉音译为“榔”。在麻山苗族文化语境中是对民间口头史诗或口头诗歌的总称。

词量多、经验丰富，并能独立主持“节甘”仪式与“砍马”仪式的东郎，本文称其为“大东郎”，反之则为“小东郎”。现如今，当地存世的“大东郎”已所剩无几，而绝大多数东郎属于“小东郎”。

大多东郎已年过半百，文化程度多为文盲或半文盲，仅少数有小学或初中学历。我在2010年的田野调查中，共获得东郎个人资料252份[1]，其年龄结构及文化程度如下。

年龄段（岁）	人数（名）	文化程度	备　注
20以下	2	小学、初中	各1人
21～35	23	初中、小学	约各占一半
36～50	49	半文盲	小学29人
51～70	173	文盲为主	小学21人、初中1人、大专1人
71以上	5	文盲	全部

从上表可看出，20岁以下年龄段的东郎仅有2人[2]，约占总东郎人数的0.07%，其中一名18岁，初中毕业。另一位14岁，正在读小学4年级；21岁～35岁年龄段有24人，约占总人数的9.1%。这是整体文化水平最高的一个年龄段，基本都具有小学或初中学历；36岁～50岁年龄段的东郎有49名，约占总人数的19.4%，除29名是小学文化程度外，其余20名也都通过“两基”的普及教育；51岁以上的东郎人数为178名，约占总人数的70.6%。除两位“小东郎”（均为已退休的国家干部）具有初中和大专文凭外，其文化程度以文盲为主。

[1] 调查队所获东郎228人，我调查34人。但是我所调查的34位东郎中，有10位东郎已经包括在228位东郎内，所有田野调查总共调查到的东郎人数为252名。

[2] 这两名东郎是我单独进行田野调查而得知的，由于他们的年龄小于20岁，因此显得格外珍贵。

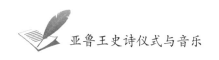

建国初期，贫穷的麻山没有更多的学校，师资严重缺乏，这对于大部分渴求知识的麻山苗民而言进校读书是一件不容易的事。这是东郎文盲的历史成因。上世纪中后期，国内“破旧立新”思想风行一时，但对于麻山深处的苗族，对这股“新思潮”的来临仿佛未曾感受过，以致当时被视为“迷信”的亚鲁王史诗的传承载体依旧有增无减。但是到“文化大革命”时期，这股“更新的思潮”却走遍我国内地的每一寸河山。它似强风骤雨般不仅冲走了很多的“迷信”，就连从事“迷信”的人也被卷入“沼泽堂”进行学习，甚至有的一去永不回：很多东郎也难于躲过一劫。以致在上世纪“文革”时期出生的人（如今已50岁左右），不再敢明目张胆的学习、传承属于自己的经典的文化。进入上世纪80年代后，随着党的十一届三中全会召开，改革开放的浪潮似春风一样迅速向神州大地吹来，人们被这股清新的春风所迷惑，脑子好像只为如何赚钱而转动不停，无暇顾及自己的精神食粮。麻山苗族也和大多数人一样，不再重视自己传统文化的重要性。较为严重的是，孩子可以不进学校读书，举家老少紧闭大门到沿海一带去打工。由此造成现今东郎的老龄化现象，同时也使得中青年和有知识文化的东郎人数呈逐年递减的趋势。

东郎的性别只能是男性。当然，也有女性会唱并熟知亚鲁王史诗的，如紫云苗族布依族自治县宗地镇坝绒村喜网寨人杨二妹，由于她父亲是一位东郎，她父亲常常带她参加葬礼，一年后，她就熟悉葬礼中的各种仪式，她虽还是个女孩，但对葬礼的各种仪式却了如指掌。在麻山的葬礼中，女人主要在葬礼中哭丧，不能唱诵史诗，有人过世，需要主持葬礼，都是男歌师要尽的义务，女人即使会唱，会主持仪式，但在葬礼中是没有人请去主持的。麻山通常有这样的禁忌，要是女人在葬礼中主持仪式，亡人的子孙就不兴旺发达。所以，实际上，东朗的性别只限于男性。

尽管歌师是民族文化传承队伍中的精英和代表，但他们却以一个普通劳动者的身份生活着，同样上山打柴，下困劳动，参与村寨事务，没有任何特权，只有在发生与歌谣艺术有关联的民俗活动时，才在角色上转换为一个演唱者、引领者或指导者。[1] 和其他民族民间歌师艺人一样，东郎的身份，都是兼职的，即他们并非以诵唱《亚鲁王》为谋生手段，他们平时更多的时间是在家务农。只有在丧葬活动中被请去唱诵亚鲁王史诗时的东郎或主持、或参与他的东郎身份才得以体现，尽管有很多大东郎有跨乡，甚至跨县主持（参与）唱诵亚鲁王史诗的经历。如上文提到的黄老金，除了在本镇各村主持演唱《亚鲁王》外，还到长顺县的交麻乡、代化乡等其演唱；紫云苗族布依族自治县宗地乡大地坝村摆弄关组杨光东，除了在县境内的宗地乡、大营乡外的丧葬现场演唱《亚鲁王》外，还先后 7 次到罗甸县木引乡去演唱；紫云苗族布依族自治县四大寨乡卡坪村下陆京组陈志品，除了在县境内的火花乡、猴场镇、大营乡、宗地乡的丧葬现场演唱《亚鲁王》外，还到望谟县的打易镇、坎边乡、麻山乡去演唱。虽然这些东郎演唱《亚鲁王》次数多，被请去演唱的地域范围广，但是每次在丧葬现场演唱所获的报酬少之又少：或者大家平均分配东家所给的 36 块钱，甚至 12 元不等，或者东家给每位东郎一斤猪肉。有时由于东家较为贫寒，被请去唱诵《亚鲁王》的东郎纯粹就是一次无任何报酬的义务活动，而且东郎自身也不在乎是否有报酬或报酬的多少。

由于东郎是一个家庭的顶梁柱，如此微薄的收入难以养活一家人。所以即使是最杰出的大东郎，他平时在家里和平常人一样，如今甚至为了养家糊口而外出打工。例如，宗地乡戈枪村戈枪组 67 岁的梁老胖，2005 至 2010 年期间，陆续地到广东菜场去打工。上文提到的杨光东，我于 2010 年暑假对他进行访谈，直等到第 3 天晚上他才从邻村修建水井回来，我的访谈才得以在晚上进行，又

[1] 张泽忠，韦芳：《侗歌艺术传承研究》，民族出版社，2012，第 183 页。

不能占用他更多的时间，因为第二天还要去修建水井得让他早点休息。东郎黄老华也一样，他 50 岁之后，还两次到广西去打工，现在将近 70 岁的他还在家乡附近和年轻力壮的青年人一起做建筑工。

因此，我认为，东郎将每次在丧葬现场里演唱《亚鲁王》看作一件神圣的、光荣的事。然而我们也不能以此而作出“东郎是他们的职业！”的结论。他们同常人一样，为了生活，只要会做和能做的，历来不怕苦，不怕累。

是何原因促使普通人去学习演唱《亚鲁王》？原因有如下两个方面：一、对先祖亚鲁王的顶礼膜拜。上文述及，麻山苗族多信仰原始宗教，而崇拜帝王和崇拜祖先尤为突出。亚鲁王作为麻山苗族的先祖，已经在麻山传诵上千余年，而学习演唱亚鲁王史诗，是学习者由心理崇拜先祖转化为现实的实际行动，这是对先祖亚鲁王最高礼仪的敬仰。二、麻山苗族始终认为，人的死亡不是生命的结束，而是新生命的开始。未来的新生命是在先祖亚鲁王故国度过的。然而要回到亚鲁王故国，必须在现世生命结束时举行“节甘”仪式，并在这仪式里虔诚地唱诵先祖亚鲁王的故事。所以，很多东郎或是自愿，或是在父辈的要求下去学习演唱亚鲁王史诗。在此必须说明的是，亚鲁王对于麻山苗族而言，是一个历史人物，其故事一直在麻山苗族世代传承、传唱。而这些故事的积累和拥有只有在实际的学习状态下才能转化为己有。所以，东郎并非像其他史诗的民间艺人那样具有“灵媒”的原因致使他去学唱《亚鲁王》。

初次学习演唱《亚鲁王》一般选择在“仪式外”进行，并且都是群体性的（至少是 2 人以上）。拜师时，学员们于晚饭后集中，各自备一只公鸡，一碗黄豆子，一斤酒，一碗米送给师傅（东郎）作为礼品，另外还须自备一把檀香，一刀纸钱，一同去师傅家里聚餐。师父明白来意后，在堂屋里摆一张四方桌子，桌下放一火盆，用升斗盛着谷米放置桌面上，再谷子里插上烧着的香，在火盆里焚烧纸钱，之后师傅提着任意一只鸡，并用嘴咬鸡冠致使流血，把血点滴在桌边，拨几羽根绒毛粘在血上。此程序完毕，就叫学员们把鸡宰杀，打理好后，用布包把鸡的内脏分别裹好并放在锅里和鸡肉一起煮食。进餐时，师父便让学员们各人夹一布包并自己打开看自己夹得什么内脏。据说，夹到鸡心和鸡肝的学员，其记忆力比较好，并对《亚鲁王》的故事的领悟较好；而夹到鸡肠、鸡肚、鸡翅等的学员则各有所长，但是，一般他们记忆力不甚好，学习过程中经常会有忘这忘那的现象，所以他们只能唱诵一些较为简单的《亚鲁王》的片段。

由于《亚鲁王》故事浩瀚繁杂，所以即便学员的记忆力超群非凡，但学习《亚鲁王》的过程也是长期性和反复性的。从普通学员到最杰出的东郎的蜕变，首先要对亚鲁王史诗有极大的兴趣。这种兴趣不仅能激发学习者的自主性，并且也能促使学习者主观能动性达到最佳发挥，从而基本确保“识记”的完整性。对于《亚鲁王》内容的掌握，是需要长期性的学习，一般要经历三至五年的时间。这期间，学习《亚鲁王》之时空没有具体限制，换言之，可以在“仪式外”，也可以在“仪式内”进行。

但是，由于演唱的《亚鲁王》故事的完整性是叙述事件和口头唱腔的综合，所以对于学习演唱的时空选择也应该有所偏重。如果是注重故事内容即知识信息、“故事”范例的积累和记忆以及唱腔的完整，那么“仪式外”在房屋外是最理想的时空选择：没有丧葬期间的各种嘈杂声，相对安静。如果是强调语境与仪式作用，那么“仪式内”在房屋内或屋外（砍马或砍牛场地）则是最理想的时空选择。

因为在“仪式内”，师傅还会根据学员所学情况，安排其“实习”演唱。这不仅要求学生已经识记了所演唱的史诗内容，同时还起到保持和再现所识记的史诗内容的作用。通过反复的、较多的学习过程和实践经历，所学的内容就越多，并对所学内容就会不自觉地再现，到达这一功夫，也就具备了成为大东郎的条件之一，在丧礼活动中唱诵亚鲁王史诗也就随心应手了。

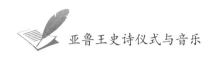

由上论述可知，成为东郎的须具备的条件就是：一是首先是男性；二是具有超凡的记忆力。关于史诗演唱者或歌手所具有的超凡记忆力，其实不仅仅是麻山苗族的东郎所特有，在我国新疆的柯尔克孜族中的“玛纳斯奇”、藏族的“仲堪”和蒙古族的“江格尔奇”，这种超凡的记忆力也在他们身上有所体现。可见，对于各民族的口头传统，其演唱者和传承者所具有的超凡记忆力是比较普遍的现象（不可否认，史诗唱词及其内容的所具有的程式化特征，非常有利于记忆）；三是吃苦耐劳的良好品质。没有这种品质就无法坚持长期性和复杂性的学习过程。

以上是大多东郎共有的特征。除此之外，有些东郎还会治病，如宗地乡大地坝村杨光顺，不仅能用草药给人治病（医生），同时还能用草药给家禽治病（兽医）。还有部分东郎具有绝技，如水塘镇格凸村下格凸村的黄小宝，具有攀岩绝技，并以此表演所获报酬为主要收入来源。

第三章

亚鲁王史诗演唱仪式

一、亚鲁王史诗的演唱时空

亚鲁王史诗的演唱活动作为一项重要民俗文化现象，是在特定的时空关系中完成的，因此对其演唱时空的考察是亚鲁王史诗研究的一个重要内容。亚鲁王史诗演唱活动不仅是在特定的时间进行，而且也是在特定的空间里展开，具有明确的时空限定，这种限定是人为规范与选择的结果，受其传承族群的文化观念影响至深，绝非随意可为。

在此须指明，“演唱时空”在本文中仅指其共时层面的意义，即演唱时间指演唱的“在场”时间点，演唱空间指演唱的“在场”地点。亚鲁王史诗在唱诵时空类型上存在两种情况，一种是在丧葬仪式现场唱诵，另一种则是在非丧葬仪式场合唱诵。以下分别就此两种类型的时空分布展开探讨。

仪式内的演唱时空分布

此种类型在时空分布上具有统一性，具体来讲，时间即自仪式开始至结束的时间段，空间即仪式举办的空间地点，因此，“仪式内”既是一个时间概念又是一个空间概念。

这里的“仪式内”特指麻山苗族的丧葬仪式。丧葬礼仪程序必须经过报报丧、入殓[1]、守灵[2]、做客[3]、安葬、复山与包坟[4]等环节，其中包含大大小小多个小仪式。一场完整的丧葬仪式，还包括吊唁仪式、砍马（砍牛）仪式和节甘仪式等。

吊唁仪式也称做客仪式，即所有亲属好友及宾客前来操办丧礼的人家奔丧。亲属栓戴孝麻，孝子赤脚，并且腰间系一反搓的稻草绳。宾客有散客和主客之分：散客即不请自来者，主客即经通知而来的客人，往往一随数几十人。主客悼丧，须整队入场：主客头走在最前面，妇女跟后且手撑毛巾罩脸哭唱，再次是唢呐队，走在最后的是年长者。无论是散客还是主客的到来都鸣枪放炮竹，亲堂孝子免冠、额靠地面跪于门外迎接。

砍马仪式：此仪式也是在“吊唁”仪式当天举行。举行此仪式的场地通常为房屋外附近一块较为宽敞的露天平地，约60平方米，场地中央立一棵直立的杉树，用以栓马缰的。待前来吊唁的客人到齐后，约下午四时，砍马仪式开始。仪式中，“砍马客”[5]之角色十分讲究：如果亡者是男性，由死者的姐夫或妹夫家请砍马客；如果死者为女性，则由其舅家请砍马客。砍马前，由孝家先举行祭马仪式[6]，后由砍马客中的东郎再进行祭奠[7]：手里拿着一碗白酒，

[1] 即把尸体放入棺材内，此程序约30分钟。

[2] 也叫守夜，一般为3夜至9夜不等。守灵期间，亲人家属和寨临都要轮换通宵达旦守在灵柩旁边；守灵最后一晚，所有家属都要全部到齐，商议次日“吊唁”之大事。

[3] 做客即为所有亲朋好友前来吊唁。

[4] 复山，于安葬次日举行，各方亲戚带酒、糯米饭、鸡、猪肉等祭祀死者，填土和挂纸后大家在坟旁聚餐；包坟和复山的内容基本相同，所不同的是安葬三年整后方可择日举行包坟。

[5]“砍马客”就是砍马仪式中砍马的人员，一般3人至5人，至少有一个是东郎。

[6] 即孝子孝女爬在马背哭泣。

[7]“砍马客”的祭奠马的方式与孝家相同。

一边唱诵《马经》(“Langb hmengl”),一边将酒不断地倒在马的肩膀处和头部。砍马客对马祭奠完毕后,由孝家年长者带领所有孝子围马转三圈,转毕各自返回原来的位置。此时,砍马客中的人员在马的后面燃放鞭炮,马逆时针跑圈,当马对鞭炮声不在惧怕时,砍马客在东郎的带领下,分别各对马和旁观的客人叩首三次,然后就开始砍马。

节甘仪式:此仪式是麻山苗族丧礼中必不可少的一个环节。仪式开始前,主家需备好酒、谷子、鱼、豆腐、水果、升斗、土碗、草鞋、饭箩和葫芦等物什及木鼓。仪式现场一般布置如下:灵柩正前方置一木桌,桌上摆放汉文书写的灵牌、装谷子的升斗(谷子上插香)和储着菜油的土碗(内置布燧,用作油灯)。灵柩上方放有宝剑、弓箭和一个筛子,筛子内摆酒、鱼、豆腐、水果等物。灵柩后面墙壁上挂一只大竹箩,内放草鞋、饭箩[1]和葫芦[2]。木鼓摆放于灵柩的侧面。

节甘仪式通常于吊唁仪式当天傍晚时分开始,当所有东郎(一般3人至7人不等)身着当地苗族传统服饰,就餐完毕后,由一位东郎(此东郎无绝对固定,参加丧礼仪式的东郎中任意哪位都可以)敲木鼓:叫唤亡灵,主家孝子放鞭炮。同时由一位年长的东郎头戴斗笠,肩扛马刀面对灵柩,开始放声唱诵亚鲁王史诗。“重点叙述神话中的人物亚鲁,讲述亚鲁及其子女如何征战、最后定居此地和经过长期开垦后换来今天这种安居乐业环境的过程”[3]。

以上为仪式内在房屋堂屋举行节甘仪式的情形,对于另一情

[1] 草鞋意为亡灵回归祖先亚鲁王之地所穿的鞋;饭箩意为亡灵回归祖先亚鲁王之地时用以盛装各种干粮。

[2] 据东郎说,葫芦主要送给亡灵装水。葫芦神话在麻山苗族中广为流传,相传在远古时期洪水滔天时,一对兄妹在葫芦里生存了三年,洪水退后,为了繁衍人类,他们后来成婚。

[3] 吴正彪:《仪式、神话与社会记忆》,《贵州民族研究》2010年第6期。

形即仪式内在房屋外举行节甘仪式。

由上文叙述，我们知道麻山苗族的丧亡形式分夭殇、凶死、产死和善终、寿终等。其中，凶死的人其尸体是不能停放在房屋内的。这种情况下，主家在屋外搭一帐篷，使其与房子象征性的联为一体，灵柩停置于帐篷内。所以，不仅所有的丧礼仪式大部分都在此帐篷内进行，而且节甘仪式也是在帐篷内完成。这是仪式内另一种唱诵亚鲁王史诗之情形。

千百年来，麻山苗族为了纪念这位英雄先祖亚鲁王，在丧礼活动中将他的故事代代传唱至今。据一些年长的东郎讲，由于亚鲁王故事篇幅长，旧时通常要唱三天三夜，如今已大幅缩短，一般只唱一晚。如今的整个节甘仪式需用一个晚上的时间进行。

仪式外的演唱时空分布

此种类型在时空分布上虽然相对松散，然而它也具有自己的时间和空间的分布。因此，“仪式外”也同样既是一个时间概念又是一个空间概念。

麻山苗族，多信仰原始宗教，崇拜自然物、崇拜帝王和崇拜祖先等。其中崇拜帝王和崇拜祖先尤为突出，具体体现为过年过节都要祭祀先祖，而亚鲁作为一名深具威望的领袖和祖先，历来被麻山苗族备加尊重，在年节祭祀活动中更是不可或缺的对象。因此，随时随地随意演唱亚鲁王史诗被视为犯了禁忌。这种行为不仅是对先祖的亵渎，也如同英雄史诗《玛纳斯》的未成年演唱者玛纳斯奇[1]一样，“如果再演唱一些与生死离别、悲痛绝望以及那些关乎民族命运等悲壮内容会遭到不测。”[2]那么，在“仪式外”，什么时候和什么地点是亚鲁王史诗的演唱时空呢？这是本小节要讨论的

[1] 玛纳斯奇是柯尔克孜族英雄史诗《玛纳斯》的演唱者和传承人。

[2] 阿地里·居玛吐尔地：《〈玛纳斯〉史诗歌手研究》，民族出版社，2006，第101页。

问题。

据东郎讲，每年农历正月和七月这两个月可以唱诵《亚鲁王》。麻山苗族的传统经济来源主要靠农业生产，以种植玉米、黄豆和油菜为主。玉米与黄豆的种植一般是在农历的二月至六月，八月至九月为秋收季节，秋收后种植油菜，至翌年二月收获。由此可见，在麻山，农历正月和七月相对其他月份是农闲期，闲暇时间较多，恰好可以用来进行习唱。除了这个原因外，更深层的原因是与麻山苗族人民的生活方式、宗教习俗紧密相关的。

麻山苗族有很多传统节日，如苗年、春节、清明节、端午节、四月八、七月半、鼓藏节等等。在麻山地区，苗族最浓重的节日是苗年和春节，其次是七月半（俗称鬼节）。然而，麻山苗族的苗年与东部方言区苗年是截然不同的两个概念。麻山苗族的苗年，是在农历腊月下旬，离汉族通用大年三十夜最近的日期戌日或辰日为苗年的开始。苗年一般持续至正月十二或十五，时间为半个月左右。东部方言区苗年一般是在农历十月份。麻山苗族过年期间，须请祖先神灵“回来”一起过年，并以各种供品祭祀，一日三餐与家人同时就餐。同样地，麻山苗族的另一传统节日七月半，虽然时间只是一天，但也要请祖先神灵“回来”一起过节。过年过节，请祖先神灵“回家”，这是麻山苗族根深蒂固的祖先崇拜在世俗生活中的体现。正因为农历苗年或春节和七月半是麻山苗族比较重要的传统节日，节日期间祖先神灵“在场”。所以选择这个时间段传习亚鲁王史诗，这不仅是传授者祭拜和纪念先祖亚鲁王的恰当时间，同时也使学习者——未来的东郎不自觉的怀有尊重与虔诚的心态尽心演唱。这就是传授者和学习者选择在农历正月和七月演唱亚鲁王史诗的原因。

对于“仪式外”演唱《亚鲁王》的地点，选择房屋内和房屋外均可，只是在演唱方式上有所区别：屋内不能演唱衬腔和衬词，屋外则可以演唱衬腔和衬词。为何有这样的区别，这将在下一小节作较为深入的论述。

时空选择的深层内涵

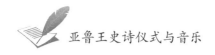

由前文所述可知，在“仪式内”，死因与砍马或砍牛仪式决定亚鲁王史诗的演唱空间。而在“仪式外”，只要在演唱时间限定范围内，演唱亚鲁王史诗的地点则不受限制。

一般而言，不同的时间和地点，并不影响传习亚鲁王史诗内容的完整性。值得一提的是，内容的完整性不等同于演唱的完整性。前者只是叙述事件的完整，后者则包含叙述事件与口头传统（语言唱腔）的完整。田野调查中，很多东郎一直强调，非丧葬期间在家里传授亚鲁王史诗是允许的，但是不能“做出声音”。起初我对此“声音”也感到疑惑，认为没有声音怎么习唱？抑或习唱的方式难道是在寂静状态下的心灵沟通？其实不然，我经过对比发现，东郎所谓的“做出声音”就是衬腔的运用。那么，为何非丧葬期间在家里传习唱亚鲁王史诗不能出现衬腔呢？对此东郎的回答是：如果在家里唱出衬腔，会使别人产生有人去世的误解。然而，我们对非丧葬活动期间，在山野或田间地头习唱亚鲁王史诗可以保留衬腔又感到迷惑！这不得不引起我们对这种唱腔形态的关注和思索。

图8 东郎岑天伦在唱诵《砍马经》

亚鲁王史诗以口头传统的方式一直传承于民间，其唱腔是在“语言性”和“音乐性”之间游移，也就是说都是“在‘语言性’和‘音乐性’为共同常量的范围之内运动或变化。"[1]东郎说的"声音"，并非纯粹的语言性或音乐性，而是指衬腔内的感叹词"啊"或代词等具有呼唤性、称呼性的词语（衬词）。这些呼唤性的衬词使用，为何在不同的时间点和地域点有如此严格的区分？

我们认为，这些具有呼唤性和称呼性的衬词，如果随意配以相应的衬腔，除了让人产生如东郎所言"有人去世"的误解外，主要的原因是，当它们作为亚鲁王史诗衬词和衬腔形态出现时，是一种特殊化了的语言和音腔，故其意义与日常生活中的使用意义是不同的。这个意义的不同体现为它们具有"能指"[2]的作用。正是这个作用的存在，丧礼仪式中东郎的演唱才能与亡灵取得相互沟通，完成信息的传达，从而"带出了仪式的灵验性"[3]。而这正是"仪式外"在家里演唱亚鲁王史诗省掉衬腔的原因所在。对于"仪式外"，在田间地头演唱亚鲁王史诗则保留衬腔，这是因为在通常情况下，田间地头并不是丧礼仪式举行的主要场地，不具备仪式举行的场地也就无所谓仪式的灵验性，故而以保留衬腔这种方式习唱亚鲁王史诗，并未犯大忌，从而对祖先神灵也就无所谓亵渎或不尊重。我们认为这应该是非丧葬期间在屋外习唱亚鲁王史诗保留衬腔的原因所在。

由上得知，在"仪式内"和"仪式外"，麻山苗族在"现世"的人面前营造一个虚拟的、神圣的空间，此空间即为先祖亚鲁王的生活时空。而在"仪式内"，产生灵验性的必要条件是时空限定与"密钥"须同时具备：在这虚拟、神圣的空间内，演唱《亚鲁王》之"声音"便是通向这个时空的"隧道"，是通向神圣性的"密钥"。

---

[1] 吴文科：《中国曲艺艺术论》，山西教育出版社，2003，第 66 页。

[2] "能指"与"所指"是一对说明符号形式和符号内容的概念。"能指"即通过自己的感官所把握的符号的物质形式；"所指"即符号使用者对符号所涉及对象所形成的心理概念。

[3] 曹本冶：《中国传统民间仪式音乐研究·西南卷》，云南人民出版社，2003，第 1 页。

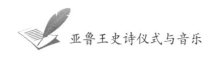

二、一般葬礼仪式演唱亚鲁王史诗实录

2015年6月15日，接到宗地镇戈邑村大寨组梁忠云的电话，告知我二叔梁忠学已病逝，并定于周五6月19日（农历五月初四）在大寨组举行吊唁仪式。一是因为亡者为我的二叔，前往吊唁是必须的；二是由于课题需要丧葬仪式的实录。因此，2015年6月16日，我召集项目组成员及学生一同前往宗地镇戈邑村大寨组调研。以下为此次丧葬仪式现场实录的基本情况：

（1）调查时间：2015年6月15日至20日，农历庚寅年五月初一至初五。

（2）调查地点：贵州省紫云苗族布依族自治县宗地镇戈邑村大寨组。

（3）参与调查人员：梁勇、杨正兴、杨小东、杨光应、韦周、王启贤。

（4）背景介绍：亡者梁忠学，苗族，62岁，肠癌病逝，为梁勇二叔。

葬礼仪式实录

1.6月15日至19日晚上的主要活动

（1）打跳粑。在这次葬礼仪式中，打跳粑是在6月15日18时20分开始的。在殓尸入棺后，根据停丧时间长短来确定打跳粑的时间，停放时间长则在第五天或第七天夜里蒸糯米打跳粑，停放时间短的则在第三天就打跳粑了。打跳粑时，把蒸熟的糯米饭倒放置在灵柩前的粑槽里，然后由几个青年不间歇地轮流用粑棒擂打，其间不得搅和，直至和团。随后由师人用手抓三团糯粑供祭亡人。槽里余剩的糯粑则刮在簸箕上，由6人或者8人分成两派，各人抓上一团糯粑，一帮在屋里，一帮在门外互相用李子大小的糯团攻打对方，“喂，喂！”地狂呼乱串，满屋笑声。

（2）猜谜语。在麻山苗族丧葬习俗中，最有趣的是盛行猜谜活动。在这期间，寨邻老少每天晚上聚集一堂，猜谜寻乐。出谜面的人先说出猜谜禁忌和开谜词，随后说出谜面让大家猜谜底。在这次葬礼仪式中，猜谜语是在打跳粑过后，寨邻乡亲昨夜守灵时的主要活动。

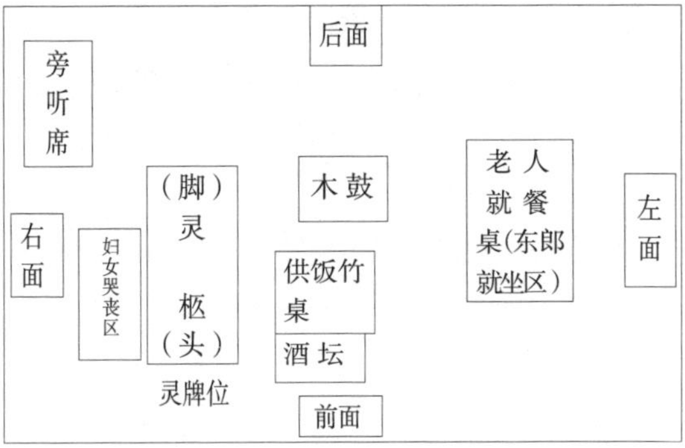

梁忠云丧礼“节甘”仪式现场平面图

2. 梁忠云丧礼的东郎情况

参加本次仪式的东郎共有三位，其中梁正伟、梁老四和杨小红三位。梁正伟和梁老四与丧家是家门，杨小红与丧家是亲戚关系。三名东郎基本情况和分工如下：

姓 名	年龄	性别	家庭住址	分工情况
梁正伟	64	男	宗地镇戈皂村格然组	主要演唱者、主持者
梁老四	78	男	宗地镇戈皂村戈皂组	协助演唱
杨小红	60	男	宗地镇戈皂村戈皂组	奏木鼓

3. 丧礼现场器物

（1）准备的器物。器物分为法器与器具。法器兼乐器的有铜鼓和木鼓；器具有弓箭、斗篷、陪葬旗[1]、草鞋、毛巾、锄头、五谷种、竹筒、大竹桌、灵牌桌、饭箩、钱袋、火镰草、打火石、烟叶、

[1] 意为先祖亚鲁王征战时用的旗幡。

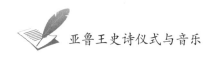

簸箕、小酒坛、麻线、黄豆和鱼等[1]。

（2）演唱亚鲁王史诗前环节：刀头猪。

日 期	时间	各环节苗语名称（汉语）	音声类型	唱诵内容	情况描述	备 注
6 月 19 日	7：20	刀头猪	念白	讲述猪与亚鲁王缔结契约（杨光顺主持）	在棺材旁边，放置着用竹笼装着的一头小黑猪，同时，丧家要拿钱另请一名没有子祠或者是他姓的人员来宰杀这头猪。	黑猪必须没有杂毛，需是纯色黑毛猪。
	8：45	打粑粑	欢笑声等		打粑粑，并分给在场的人吃	
	9：20	开路餐	说白	由东部及男性老年人共同就餐		无女性参与

4. 丧葬节甘仪式过程描述

6 月 19 日 17 时 50 分，家族所有男性老人和三位东郎一同在老人就餐桌前就坐，东郎梁正伟坐在离灵柩最近的位置，面前摆着为亡人准备的三个碗。18 时 02 分，孝子先在为亡人准备的碗中倒酒、放烟、盛饭，请亡人享用，随后自东向西按顺序为各位老人斟酒、分烟、舀饭，请大家用餐。敬酒的过程共重复三次，每次均先给亡人敬供再给在场老人和东郎敬献。三次过后，孝子梁云强向东郎梁正伟、梁老四和杨小红说："你们三位老人好好吃，今天晚上麻烦你们为我父亲引路，辛苦你们一晚上了。" 18 时 45 分，就餐完毕，稍做休息。18 时 52 分，节甘仪式正式开始。为了使仪式

[1] 这些都是亡人在回到"亚鲁王故国"需要的日常用品。

过程体现的更加清晰与立体，以下考察按时间、环节名称、音声类型、内容大意、情景描述列出，并加上备注说明：

6月19日18：52–19：25

环节名称：Heis Gaid（指路）

音声类型：念白吟唱

内容大意：梁正伟先用汉语念白，内容大意为希望亡灵保佑自己之类的话。之后开始唱诵，先重复唱诵德昭村中比较大的耕地名三次，接着唱诵亡人生前的主要经历。

情景描述：众孝子孝女在灵柩两旁拥抱灵柩，梁正伟站在灵牌桌前面对灵柩，头戴斗笠，用马刀上下左右挥舞数下，之后将马刀递给梁老四，自己坐回老人餐桌前。梁老四左肩扛马刀，右手持拐杖。杨小红手拿木鼓椎。主家准备火和鞭炮。韦米妹哭唱。

备注：18时28分，吟唱声、木鼓声、铜鼓声、鞭炮声齐鸣，各种声响与众孝子、孝女拥抱灵柩，告慰亡灵不要害怕的心理活动共同构成这一环节的音声环境。该环节唱诵内容为节甘仪式的“可变篇章”[1]。

6月19日19：25–22：45

环节名称：Langt Heid（郎黑）

音声类型：吟唱

内容大意：唱述创世神话及兄妹成婚传说。其中创世神话主要包括万物的起源与先民的宗教信仰和民俗生活状况。

情景描述：梁正伟唱诵，现场有亡人家族的中年人。

备注：郎黑，意为力大无穷的时代。该环节内容为节甘仪式的

[1] 可变篇章，指在限定结构内根据亡人的不同而需作内容调整的篇章，一般主要有关亡人家族的历史。

“固定篇章”[1]。

6月19日至20日22：45–03：45

环节名称：Yangb Luf Qik（亚鲁奇）

音声类型：吟唱

内容大意：唱述亚鲁王自投胎母体、孕育出生直至长大成人、戎马征战一生的人生经历。其中亚鲁王带领族群迁徙至麻山地区，与荷布铎为争夺领地而发生战争的内容，是此篇章不可缺少的部分。

情景描述：梁老四唱诵。杨小红背靠木鼓而坐，一边认真聆听，一边为我解释所唱的内容，并不时将自己记忆的内容与梁老四所唱作异同性对比。

备注：该环节为节甘仪式的固定篇章。

6月20日03：45–04：30

环节名称：Langt Qiad Shuot（郎卡梭）

音声类型：吟唱

内容大意：唱诵亚鲁王的儿子们的事迹，具体有欧底聂、昂祃谷、佬侬等十二位王子。

情景描述：梁正伟唱诵；现场的部分家族人已离开去忙其他事情，还有几位青年妇女闲聊。

备注：该环节为节甘仪式中的固定篇章。

6月20日04：30–06：15

环节名称：Langt Bangt Shuot（郎邦）

音声类型：吟唱

内容大意：唱诵家族的迁徙、发展和创业史。

---

[1] 固定篇章，指吟唱内容不因亡人不同而改变的篇章。

情景描述：梁正伟唱诵。本篇章开始时，梁正伟先用扛在肩上的宝剑戳破戴在头上的斗笠，随后又将宝剑扛在肩上，右手拿着拐杖，继续吟唱。孝子梁云强前来给东郎添茶倒水。

备注：这一篇章中重点唱诵家族迁徙、发展和创业史等故事。该环节为节甘仪式中的可变篇章。

6月20日06：15-06：55

环节名称：Langt Njaid Pail（郎杰排）

音声类型：吟唱

内容大意：追忆回归故国的路途，把老祖宗世世代代曾经走过的路、做过的事一句一句唱给后代子孙听。韦米妹哭唱。

情景描述：梁老四唱诵。梁正伟提醒家族在现场的家族人不得入睡，注意聆听，已睡着的也要叫醒，孝子们坐在东郎的旁边。

备注："郎杰排"意为回北方的路，该环节是节甘仪式中的固定篇章。

6月20日06：55-07：20

环节名称：Langt Heut（郎嗨）

音声类型：吟唱

内容大意：演唱内容为鸡与亚鲁王的渊源关系。

情景描述：杨小红一手拎一只鸡，另一手握扛在肩上的宝剑唱诵。现场青年人和主家亲朋好友越聚越多。

备注："郎嗨"意为"鸡经"。该环节是节甘仪式的固定篇章。

6月20日07：20—07：45

环节名称：His Ndongs His Dant（嘿彤嘿丹）

音声类型：念白

内容大意：韦米妹念白。简短唱述亡灵回归祖先之地需经过的关卡。

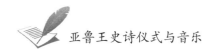

情景描述：梁老四挥舞宝剑，口里念念有词的向亡灵倾述：我上开天门，下揭地府，送你回归祖先亚鲁王之地。随后，众人将灵柩抬到屋外。

备注："嘿彤嘿丹"意为"开天揭地"，此环节历时虽短，却是节甘仪式的固定篇章。

6月20日07：45–08：20

环节名称：Cad Wot（察沃）

音声类型：吟唱

内容大意：唱述祖奶奶造天地的故事。

情景描述：梁正伟唱诵，梁老四用鲜、干两种桃树枝系上五色丝线，架在灵柩上，用宝剑将鸡蛋和五色线剪掉把干的桃树枝附着在灵柩上，把鲜的桃树枝叉在门槛旁的笆篱里，表示亡灵与活人从此各自生活在两个世界，互不干扰。众人用竹篾捆绑灵柩，准备启程上山；东郎在三岔路口燃起火堆，由一名男性歌师为亡灵演示造天造地原理及其造型。

备注：此环节为节甘仪式中的固定篇章。

6月20日08：20–08：35

环节名称：Sangd Songx（商耸）

音声类型：念白

内容大意：祭祀祖先

情景描述：此时，灵柩正在被抬上山进行安葬，主家安排人在堂屋内打糍粑，之后将打好的糍粑分三份摆放在堂屋的长桌上，每份3个。此外，桌上的供品还有猪头、猪腿和一长条猪肉。

备注：该环节为节甘仪式的固定篇章。

补充说明

1. 麻山地区不同土语区的丧俗略有差异，如以紫云苗族布依族自治县四大寨乡为代表的西部土语区，丧俗活动里必须举行砍马仪式而其他土语区则没有此仪式。此外，麻山苗族一般在节甘仪式的第一个环节（指路）伴随有女性的哭唱内容，但本次在梁忠学的葬礼活动中全部由亡者大婶韦米妹哭唱。[1]尽管不同土语区丧俗与唱诵内容略有差异，但就其意义而言，都是一致的，即让亡灵回归祖先之地。因此对死者来讲，隆重的丧仪是对个体人生的做结，关系着其灵魂的归属。对生者来说，也关系着现世家族成员未来的命运，有着非常重要的现实意义。

2. 在本次节甘仪式中，未见妇女的哭唱。东郎说因为有你们（采访调查人员）来，所以那些孝女怕羞，所以未放声哭唱。另外，现在很多妇女只会散哭[2]，对于与亚鲁王史诗有关的内容则不会哭唱。

3. “凶死”与“正常死”的仪式程序几乎没有区别，其区别在于同一方言土语区的“凶死”之丧葬仪式在房屋外面举行，并且有砍马仪式，“正常死”则在房屋内举行，无砍马仪式；不同方言土语区的区别是：无论是“凶死”或“正常死”，有些是做砍马仪式（如南部土语区），有些是做砍牛仪式（如北部土语区）。

---

[1] 据一些东郎讲，指路环节中的哭唱有相对固定的内容和程序，以前许多妇女都会唱，所以曾普遍存在，但如今几乎已经没有妇女会哭唱，因此仪式中也难得见到。

[2] 一般根据哭唱者感情上的需要，不固定地运用于整个丧礼仪式的各个程序，哭唱内容多为即兴发挥。

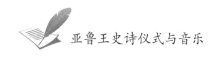

三、灵魂葬礼仪式演唱亚鲁王史诗实录[1]

祭祀亚鲁祖、欧底聂等先祖砍马葬礼筹备工作纪要

1. 相关准备工作

（1）从 2013 年 11 月 26 日开始，所有工作人员要带齐笔记本，做好记录。

（2）木鼓工作人员配备一支手电筒，个人要做好标记，遗失自负。

（3）采购麻线，至少 20 斤左右。由各位分别进行访问采购。

（4）环境卫生的监理。主要由亚鲁王中心工作员在空闲时主动去清理相关路段和周围环境的卫生状况。

（5）族徽的制作，主要尺寸为 10 米 × 8 米，黑底布，用油画颜料按照古老族徽的样式进行着色画画。上面顶行书写苗文“box ywh yax lus”，下行书写汉文“祖先亚鲁王”。

（6）26 日在羊场采购 12 张土帕单，12 张族徽，用来做祭幛。

（7）采购各种颜色的布料撕成布条，制作成各类后勤人员的服务标志，各个工作员系在胳膊上，便于调度总管的管理和指挥。

采购布样及尺寸：红布 2 米；白布 2 米；绿布 2 米；蓝布 2 米，黄布 2 米，青布 2 米；紫布 2 米。

（8）制作简易拦路门和用钢筋焊成三脚架支起大铁锅烧炭，方便来客燃香。

（9）借 2 个铜鼓和 1 个木鼓，其中，铜鼓由杨正兴和陈志忠二人各人负责租借一个。木鼓与东郎协调租借。铜鼓租金用红包的方式包 120 元支付，木鼓按木鼓红包方式包 12 元支付。

[1] 由亚鲁王文化研究中心提供。

（10）土铁炮12门，星期三到灯操采购，其中包含火药在内。

（11）聘请迎接吊唁客的毕雄（Nbyif Xiongh）队伍7人，这支队伍由梁晓罗负责联系灯操那边的东郎来主持。

（12）文字宣传。撰写欧底聂祖先的一份1000余字的简介；乡场流动传单散发宣传（全体工作人员）。

（13）东郎召集。东郎至少要召集60余人。26日和27日两天要写出方案，提交县委政府转民政局支援军用棉被至少30床。

（14）经费保障。使用方式方法要细化，各种白条支出的账务，至少有二人以上在场见证并签字。

（15）26日前与格凸河旅游公司陈总、旅游股王凯俊、孙海局长对接关于此次活动经费赞助的问题，并拟出实施方案。

（16）参加此次活动的东郎的回馈礼品统一采购军用水壶100个。

（17）东郎误工补贴。要发多少，之后再斟酌。

（18）其他。开荤后用的大猪，葬礼上用的小猪一头，两只土鸡。

2. 关于举办葬礼与祭礼大典活动的指导方案

为了传承、保护国家级非物质文化遗产《亚鲁王》，树立民族信仰，加强民族团结，促进社会和谐，加快新时期社会精神文明和物质文明的建设，推动文化旅游产业发展。由西部苗语方言东拜王城全体村民牵头，全麻山西部苗语方言区苗族同胞参与举办的“祖先亚鲁王，灵魂与我们同在：葬礼与祭祀大典”活动，兹定于公历2013年12月4日（农历癸巳年癸亥月甲辰日）在紫云苗族布依族自治县坝寨村毛龚组（东拜王城）举行，下午将亚鲁王、欧底聂王子与迪底仑王子的灵柩抬上坟山安葬，举行开荤晚宴，宣布整个葬礼与祭祀仪式结束。

根据祭祀流程的要求，组织方严格控制了参加祭祀的人数。本着节俭的思想，减少铺张浪费，多做实事、多干大事的精神，经东郎群体与亚鲁王文化研究中心共同商议决定，要求参加此次祭祀活动的人员原则上不得超过1000人。同时，主办方为便于统一管理和指挥，对祭祀仪式作了精细的安排，进行分区域布置管理。具体指导方案如下：

（1）成立领导工作小组

为了确保此次祭祀大典顺利进举行，东拜王城全体村民及时召开村民大会，并邀请了来自麻山的东郎代表前来参加会议，会上推选了领导工作小组。成员如下：

组长：杨正超，负责祭祀活动的全面工作。

副组长：王书扬，负责餐饮，生活服务工作。

副组长：杨永席，负责安全、保卫工作。

副组长：杨韩，负责卫生工作。

副组长：梁泉，负责车辆停放工作。

副组长：陈志忠，负责仪式歌师的相关工作。

副组长：杨松，负责文字、文化宣传工作。

上述各个工作组均安排了相应的组员。

（2）主要祭祀区域和其他仪式活动区域的布置

祖先灵柩停放祭祀区内，尽量避免人流量过多，影响祭祀或产生不必要的突发事件，为证祭祀仪式有条不紊的顺利进行，划分机构大区域。分列如下：

①祖先灵柩停放祭祀区，分为三个小区域：

祭祀哭丧区。主要为前来吊丧的女客预留的一处用于哭灵的地方。

焚香烧纸区。主要给吊丧的客人为上香祭拜祖先亚鲁王留置的焚香坛，并在前面用竹杆打起围栏篱笆避免闲散人等进入该区域，造成拥挤。

唢呐朝拜区。这区域在焚香区围栏之后，用围栏阻隔作为吹凑唢呐的吊丧可朝拜祖先灵柩的地方。

②砍马仪式区。这区域主要用于举行砍马仪式的场地，占地

面积约800平方米。本区域同样分为三个小区：砍马宣誓台。在东面，设置供东郎站在上面宣誓的祭台。休息和交流区。在东南方，设置一个可供东郎们休息和交流的地方。砍马桩。主要提供给砍马的队伍，举行砍马的仪式。

③炊事服务区。服务区民房由东拜王城村民王子学无偿提供。

④伙食就餐区。为疏散客流，避免踏事件的发生，此区域划分为两个小区：吊唁客就餐区。主要提供给前来吊丧的同胞和丧家后勤人员等就餐。专家、学者、领导就餐区。此区域预置到离开祭祀区域较远的地方。伙食安排为体验苗族远古食物、宗地花猪肥瘦片、农庄家常菜等。餐饮用具统一从县城宾馆拉来已经高温消毒过的碗筷等。

⑤擂鼓、鸣放鞭炮区。为了保证减少噪音和安全防火，这区域远离祭祀区域及其他区域。由专门人员负责擂鼓和鸣放鞭炮。

⑥来客泊车区域。此区域分为大车泊车区和摩托车泊车区。分专人负责进行管理。

⑦志愿者住宿区。志愿者安置在观音山工作站内，此处离主祭祀区域800米左右。

⑧祭祀大典后勤管理办公区。由东拜王城村民杨涵无偿提供，办公区安置在三楼。

⑨砍马葬礼及祭祀文化解读。葬礼文化解读分为三类同时进行：亚鲁王族群谱系展示（纸质）。亚鲁王及其两个王子生平简介（解说员解说）。宣传资料散发。

⑩伙食安排。本着勤俭节约、减少铺张浪费的良好美德，对此次祭祀仪式的伙食安排如下：主客伙食。食物均为苗族祖先的粮食，如大米、豆腐、黄豆、菜籽油、鱼等。专家、学者、领导伙食另作安排。

⑪亚鲁王墓葬地的安排

将灵柩安葬在东拜王城西南门外的马鞍山脚下，墓地占地全境面积约500平方米。距离东拜王城800米。

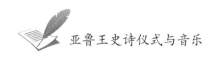

吊丧来客人数。参加吊丧的队伍为10队，要求每队约20人，共约200人，零散祭祀客约600人，专家、学者、领导等约200人，共计1000人左右。

⑫后勤保障。后勤队伍分为：安全管理，由数十名村名自发组织安排、配备了灭火器、设计了安全入口和出口；接待引导，由20名大学生志愿者参与；医务保障，配备专门的医护人员和药箱；住宿保障：为保障活动当天需要住宿人员的住宿问题，村民自发提供房屋以及床铺参与接待，并准备了相应的的床上用品；公共环境及卫生，为保障场所的环境及卫生，设立了专门的厕所，路口放置垃圾篓。附祭祀场地各区域草图七份。

祖先亚鲁王，灵魂与我们同在：葬礼与祭祀大典观察记录

1. 祭祀大典时间、地点

时间：2013年12月4日（星期三）

地点：紫云苗族布依族自治县水塘镇[1]坝寨村毛龚组“东拜王城”

2. 祭祀大典筹备

亚鲁王是苗族等多民族的共同祖先，在远古时期，亚鲁王由于兄弟部落联盟之间的连年征战，不愿意看到兄弟部落之间相互残杀，决定率领族群过江迁徙南下，定都南方。亚鲁王遣令其十二个王子征拓南方十二个荒蛮之地，并立足发展。其中，王子欧底聂率领的部分族群途经贵阳、惠水、长顺进入麻山，而王子迪底仑守护在亚鲁王身边。亚鲁王离世之后，迪底仑一路追寻欧底聂的踪迹来到麻山，两位王子一起繁衍这支麻山苗族。几千年已经过去，如

[1] 现在已更名为“格凸河镇”。

今麻山苗族人已经不记得先祖亚鲁王及其儿子欧底聂王子和迪底仑王子的墓葬之地，远古文化的征战迁徙记忆将随着东郎们的逐渐逝去而湮灭在大地的泥土里。

2009 年，由一群麻山青年人组合成的“《亚鲁王》田野工作团队”，日夜行走麻山，聆听记录千名东郎守护精神家园的唱诵。历经两年多的田野工作，搜集了大量的亚鲁王史诗原始资料。2013 年 11 月 22 日下午，几十名东郎代表汇集东拜王城观音山亚鲁王文化工作站，就祖先亚鲁王及其儿子欧底聂与迪底仑的灵魂葬礼召开会议。会议庄重决定于 2013 年 12 月 4 日为祖先亚鲁王、族宗欧底聂王子与迪底仑王子进行招魂回归仪式，举办盛大葬礼。会议上，有东郎建议将砍一匹“战马”献给祖先亚鲁王，并厚葬于东拜王城内。

3. 祭祀大典饮食

远古时代，亚鲁王部落的族群生活在富饶的鱼米之乡，族群的人民都是以鱼虾和糯米、黄豆、豆腐等作为日常饮食。至今，麻山苗族同胞仍然传承这些饮食习惯。为敬仰祖先、尊重民俗、体现节俭传统之风，因此在这场祭祀仪式上，也将用黄豆、鱼虾、豆腐和糯米作为主食。

4. 祭祀大典流程

（1）葬礼祭祀时间。12 月 4 日 10 时至 14 时这个时间段为葬礼祭祀仪式的时间。孝主恭迎各地各路的民族同胞前来瞻仰和祭祀亚鲁王英灵，烧纸焚香。

（2）砍马祭祀时间。4 时至 15 时 30 分为砍马仪式时段，期间进行东郎唱诵砍马史诗、恭迎砍马东郎进入砍马场、孝家东郎点将台宣誓、孝女喂马、吊唁客绕砍马场祭丧、砍马东郎鸣放鞭炮催马奔跑、砍马师正式砍马、孝家拔出砍马桩送往坟山等仪式。

（3）发丧上山。15 时 30 分至 17 时为发丧时间段，全体麻山同胞抬灵柩上山安葬。

（4）回山除祭。17时至18时30分，从坟山返回祭祀场地，举行回山上祭，开设除荤晚宴。

5. 祭祀招魂仪式

2013年11月23日，晴。东方的朝霞刚刚退去，东郎们就开始忙碌着筹备为祖先亚鲁王及其儿子迪底仑王子招魂的事宜。

7时55分，东郎陈兴华、杨光国、陈志品、黄小华、韦小伍、杨老满等人与东拜王城的百姓们扛着锄刀和祭祀的用品，一路浩浩荡荡的前往祖先亚鲁王的墓葬之地：马鞍山脚下。

8时整，在陈兴华东郎事先堪舆选择好的亚鲁王墓地上，在那里摆放祭品，杨光国东郎开始烧纸焚香。黄小华东郎把三个碗放在地上，东郎陈志品将从家里带来的酒水倒在碗里，东郎黄小华开始振振有词的念诵招魂辞，他手持燃香，跪地叩首作揖，迎请祖先亚鲁王和族宗迪底仑王子的魂魄。唱诵完毕，黄小华用宝刀在烧纸焚香处凿取一坨泥土，代表祖先的生魂已经回归。将之收在事先准备好的一张白纸上，然后细心的包裹好。

图9　东郎陈兴华（杨正超/摄）

8时10分，又转到族宗迪底仑王子的墓地进行招魂。一如先前的仪式，在迪底仑王子的择好的墓地里，东郎韦小伍跪地叩首迎请族宗迪底仑王子的生魂，然后用刀凿取一坨泥土，代表族宗灵魂已经回归。

8时15分，招魂仪式全部结束，大家返回东拜王城。

通过东郎坟山招魂回来之后，用一系列苗族老人临终习俗进行了守老送终，并举行病危后才有的送神灵仪式。

祭祀场地上，东郎陈志品和杨光国两人开始用茅草捆扎一个人形模型（拟作亚鲁王的生魂），将从墓地上取来的用白纸包好的生魂泥土塞在茅人腹内，并移到已经搭建好的停灵房里。屋里的人已经煮好了米粥，按照苗家人老人临终前的仪式走了一道，守终敬孝。同时，用茅草和鸡蛋为亚鲁王预测，预测到了亚鲁王患上"Hih Hlwf"（黑则，一种使人生病的恶灵）的媚，东郎陈志品用三牲礼品将"Hih Hlwf"送走，疾呼："哎呀，不好了，祖先亚鲁王快不行了，拿点稀米饭来伺喂他。"听到喊声，一众人马赶紧将稀米饭盛在碗里，拿到停放筷子喂起了茅草人。一会儿，他又大叫道："不好了，祖先亚鲁王没有气了，大家快来看啦。"几乎同时，东郎韦小伍也在为迪底仑王子举行"Hluob Mengb Hluob Yah"（梭蒙梭亚，上古神灵之一，主要职责是对即将死亡的人进行预判。此处用神灵名作为仪式名）。同样的仪式，在各个停放灵柩的房屋里开始闹腾了起来。

9时30分，东郎们都已经准备好了为祖先亚鲁王和族宗迪底仑王子装殓入棺的各个仪式，在等候吉时良辰的到来。

15时28分，是苗历的好时辰，猴子时炮响轰隆，鼓声咚咚，声波震撼了连绵起伏的山海，在麻山的沟壑中久久回荡。一阵阵撕心裂肺的哭声，撞击着每一个同胞向往回归故土东方那富饶的鱼米之乡的心灵。

16时12分，东郎黄小华、韦老王、韦小伍、杨光顺、陈志品等人，共同主持装殓入棺仪式，东拜苗寨群众向亚鲁王，以及欧底聂王子和迪底仑王子三人亡灵敬献果食。九响礼炮后，整个仪式结束。与此同时，各地的苗族同胞紧急召开东郎代表会议，筹备将吊丧事宜向外界宣布。

6. 守灵活动

此后几天的守灵中，除了东郎每天坚持给亚鲁王和欧底聂王子以及迪底仑王子一日三祭以外，守灵的群众还自发隔三差五地打守灵糯米粑，聚众举行一系列的游戏和猜谜。

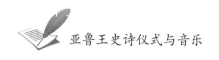

在守灵祭祀活动期间，大家的伙食安排都全部交给东拜苗寨的同胞们自己操作，女的煮饭洗菜，男的下厨做菜。外地的吊客，也逐一被安排到群众家中歇息。而指挥部的人员，则住宿在杨小六家住宿。

7. 祖先亚鲁王祭祀大典唱诵实录

灵魂葬者是麻山苗族民间崇拜中的英雄祖先认为之一，由于年代久远现已不知道其坟墓在何处，因此麻山苗族同胞决定为祖先亚鲁王及两位族宗举行灵魂葬。并于 11 月 23 至 28 日，为亚鲁王父子三人举行招魂和入棺仪式。

（1）祖先亚鲁王祭祀大典的地理位置：

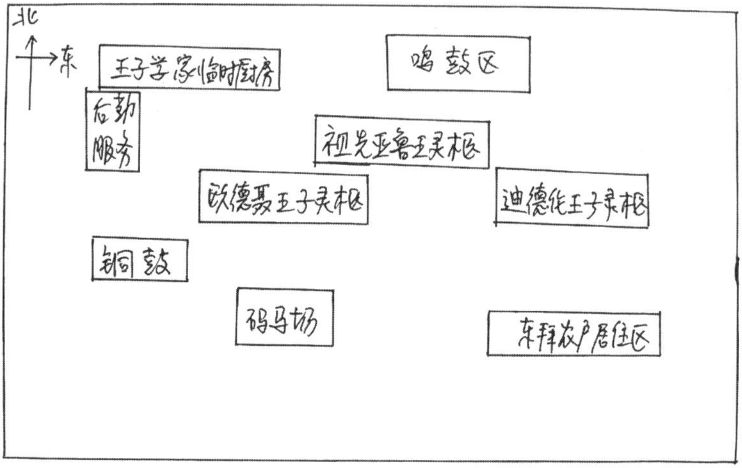

（2）祖先亚鲁王灵堂祭祀摆设：

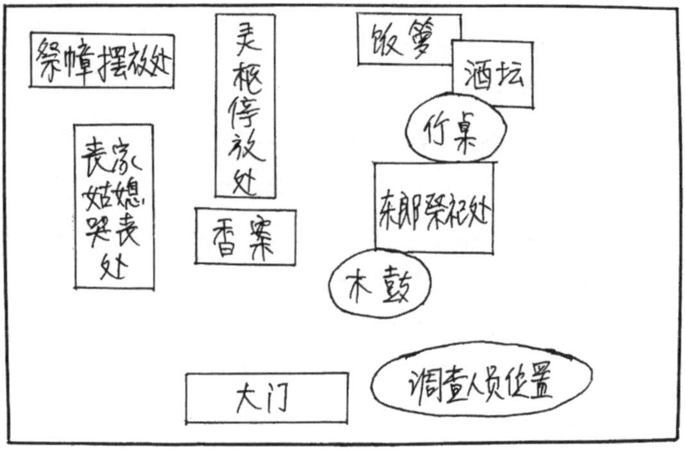

（3）东郎及随从人员基本情况和分工唱诵《亚鲁王》：

黄小华，76岁，文盲，大营镇芭茅村人，亚鲁王史诗主持人，唱诵先祖创世和亚鲁王征战的历史及黄氏家族史。

韦老王，80岁，文盲，宗地镇坝绒村人，主持唱诵迪底仑王子故事及韦氏子孙分布的历史。

韦小伍，64岁，读过小学，宗地镇寨村上板桥人，主持唱诵马经和韦氏子孙分布和猪的历史。

杨光顺，66岁，读过小学，宗地镇大地坝村摆弄关人，主持亚鲁王的史诗唱诵全过程。

陈志品，72岁，读过小学，四大寨乡卡坪村人，主持唱诵马经及亚鲁王征战的历史。

杨光国，52岁，初中毕业，罗甸县木引镇兴隆村人，主持唱诵先祖创世和欧底聂王子的故事。期间协助唱诵祈福经。

梁老胖，76岁，文盲，宗地镇戈枪村人，协助主持人唱诵欧底聂王子的故事。

韦广荣，46岁，初中毕业，格凸河镇坝寨村人，专司牵马事宜。

(4)唱诵亚鲁王史诗

12月1日 10:06

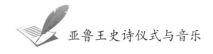

环节名称:Baef ndrais hluob(摆丧宴)

音声类型:念白

内容大意:祈福亡灵保佑。

情境描述:东郎韦小伍念白,丧家的东郎围成一桌,摆上酒饭,锅里盛着黄豆和鱼虾、豆腐等。代孝子亚鲁王文化祖先的工作人员一行拿着酒壶先敬献了一圈。

情境描述:伺候东郎的几个后勤人员在忙前忙后的献酒敬烟。三个年轻人分别各持一颗木棒打起了猴鼓舞。轻快而庄重的节律震撼着人们的心灵。

12月1日 10:26

环节名称:Baif ndenf ndrangb(祭灵餐)

音声类型:念白

内容大意:请亡灵及其先祖一起就餐。

情境描述:这次是由黄小华念白。此时,杨光国擂鼓三通,东郎们手持点燃的檀香,给亡灵跪拜烧纸献香。随后,韦小礼抬来了一块宽大的三合板,架在灵柩前面的大门里。

情境描述:祭灵餐已经安排好了。木板上摆着18个碗伺候东郎的人员为亡灵和东郎敬献了酒烟顺逆各九次,那土碗也九仰九扣。

12月1日 11:42

环节名称:Gud of soud lol yax lus yaof wut eim(我的祖亚鲁王哟唔哎)

音声类型:吟唱

内容大意:大喊亚鲁王的名讳和亡灵的名讳及已故祖宗的名讳。

情境描述:参加唱诵的东郎有黄小华、杨光顺、韦小伍、陈志品、杨光国、梁老才等，他们三步一躬前往砍马场。韦广荣牵马。

12月1日11：50

环节名称：Ljangb mens（马的史诗）

音声类型：吟唱

内容大意：讲述马与亚鲁王的根源。

情境描述：东郎们一起到了砍马场，列队从右向左绕着砍马桩三圈鞠躬敬拜。随后，韦小伍大声唱诵马的史诗。

12月3日13时，黄小华和杨光国、韦小伍、杨光顺、陈志品、韦老王等东郎开始在亚鲁王灵柩前举行长桌宴离别仪式，就前往砍马场继续喂马、哭马等仪式。来自麻山各地苗族支系的妇女同胞们，都到砍马场参加了哭马绕行离别的仪式。随后，吊唁的唢呐队伍进入砍马场，举行了三拜九叩的仪式，饶着马缓缓顺逆行走三圈。我和支系的工作人员一起，代表孝子给唢呐队伍敬酒。

在这场葬礼中，有东郎黄小华和韦小伍共同主持唱诵。他们唱诵《砍马经》内容大意是：

马啊，我们将要砍杀你了，不是因为你的肉嫩汤鲜，你和我之间没有任何仇恨。远古的时候，在祖奶奶的家乡，是先祖们发现了你的祖先，把你养育在天外。

我们的祖先亚鲁王他去天外祖奶奶的家乡，在集市上遇见了你的祖先。亚鲁王骑着你的祖先回到了大地，从此你的祖先背驮着亚鲁王穿越在刀枪刺杀的血腥沙场。后来亚鲁王战败，在一个黑夜渡到江南下，你的祖先和亚鲁王在江里失散。

你的祖先一路追寻亚鲁王的足迹来到了江南，夜宿亚鲁王城外，欲等天亮了面见亚鲁王。你的祖先饥肠辘辘，它吃掉了亚鲁王城外的竹笋。马啊，那些竹笋你的祖先是不能吃的，竹笋的生命系着苗人的生命，竹笋死掉了，苗人就要亡。你的祖先是知道的，亚鲁王爱惜着他的儿女，心疼着他的子民？为了保护这些苗人，他一路避战一路迁徙，艰辛的路途走了很长很长。

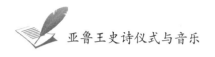

天亮了，亚鲁王出城接见你的祖先。可是，当亚鲁王见到你的祖先，他已经怒发冲冠，拔剑欲杀你的祖先。你的祖先知错了，它跪地求饶。你的祖先说："亚鲁王啊，你若杀了我，日后你老死了，谁人背你回天外的故乡？我陪伴你征战一生，请求你饶我现在不死，你死后我背驮着你回家乡！以后你的后代千万代死的时候，也同样让我们的后代千万代背驮着回家乡！"

亚鲁王把剑收回。马啊，你的祖先和我们的祖先有了约定，你背驮着我们的人，沿着祖先们的来路与去路，鸡在前面带路，下雨了，你们躲在鸡的翅膀下。飞在天空中，飞出天门，飞向天空，飞向宇宙。马啊，你把我们的人放在祖奶奶的大腿上，让他从祖奶奶的大腿爬向祖奶奶的肩膀，站在肩膀上向祖奶奶述说这一回归之路途。

第四章

亚鲁王史诗仪式音声

1993 年，民族音乐学家曹本冶教授在香港中文大学，策划和主持由中国本土学者组成的“中国传统仪式音乐研究计划”[1]项目。在这一项目中，使用了“音声”这一概念，这在我国尚属首次，它是国外民族音乐学研究中一个比较新的学科术语。“音声”指的是在仪式行为中所有能听到的和听不到的声音境域，值得注意的是，“‘音声’包括‘音乐’，但‘音乐’不等于‘音声’的全部”[2]。但“由于理论方法上的局限所至，民族音乐学对信仰体系中‘音声’的研究范围，暂时只能主要顾及听得到的‘器声’和‘人声’两大类‘音声’”。[3]我们知道，在特定仪式中，器声无疑也包括具有特定含义的器物声和乐器声等。但基于本文论题所限，我在下文

[1] 该计划的主要任务是长期地、系统地研究汉族和少数民族信仰体系中的仪式音乐传统。2006 年 1 月，该计划转至上海音乐学院之上海高校音乐人类学 E-研究院，并改名为“中国仪式音乐研究中心”。

[2] 曹本冶：《思想—行为：仪式中音声的研究》，上海音乐学院出版社，2008，第 27-28 页。

[3] 同上。

里主要以丧礼仪式中集中唱诵《亚鲁王》的节甘仪式中所包含的音声，从器声和人声两方面进行分析研究。

一、音声类型

器声：木鼓、铜鼓、牛角及其他

1. 木鼓

图 10 麻山地区的木鼓

在麻山苗族地区，几乎每一个苗族村寨都有一面木鼓，因鼓面蒙以牛皮，因而有些地方又称之为皮鼓。据年长者说，制作木鼓是一件十分严格又神秘的事，其过程共分三个阶段：第一阶段，选择一张皮质较好的牛皮，并晒干。第二阶段，寨老组织村里的年轻人去寻找制作鼓身的木料（通常为一棵较大的枫树或泡桐树），确定后还要杀鸡摆酒敬供，之后才能将树砍下。此后大致要等近一年的时间，待牛皮和树木水分彻底蒸发后才可开始第三阶段的制作。第三阶段花费约 3 天时间掏空木头，再择吉日（属牛、马、龙或猪日皆可）祭祖后方可蒙鼓皮，用牛皮蒙住被掏空的鼓身一端，并用竹篾条箍紧，再用竹钉加以固定。这样，木鼓的制作基本完成。制作好的木鼓一般停放于德高望众的寨老家里，村临寨舍如遇有人去世，其家属需提酒前来寨老家借鼓。

木鼓大多只有一个鼓面，另一端为空心。鼓身高约 100 厘米，鼓面直径约 45 厘米，木材厚度约 5 厘米（如图）。演奏时鼓身直立于地面，鼓面朝上，用木质鼓槌敲击。麻山地区木鼓一般用于丧礼现场，许多东郎都指出，此习俗已延续千余年。

2. 铜鼓

我国境内的铜鼓共分为八大类型。[1] 目前麻山苗族地区尚有较多古老的铜鼓存世。紫云以宗地乡和四大寨乡的铜鼓传存最多，这些铜鼓以麻江型铜鼓为主。其特点是：体型小而扁矮，鼓面略小于鼓胸，面沿微出于颈外，鼓身胸、腰、足间的曲线柔和，无分界标志，腰中部有凸棱一道，将鼓身分为上下两节，胸部有大跨度的扁耳2对。[2]

图11 麻山地区的铜鼓

据了解，在麻山苗族地区，人们绝非只当它作普通器物，而视其为一种极其重要的神器，具有通神招灵的功能，以往逢过年（苗年）及丧葬仪式都必须敲奏，用以祭祀祖先和召唤亡灵。如此重要的神器，如今在麻山地区的使用率却很低了，我在长达两年多（间断）的实地调查中发现，现今春节期间已经很少见到悬铜鼓于堂屋中央击奏祭祀祖先的情景，而在丧葬仪式里敲奏铜鼓也已很少见到，仅在宗地乡德昭村陈正伦丧礼仪式实录中碰到过一次。因此此次调查的结果便显得很珍贵。

[1] 1980年3月在广西南宁举办了首次中国古代铜鼓学术研讨会，在这次研讨会上，不仅成立了中国古代铜鼓研究会，学者们还经过反复讨论取得了共识，把铜鼓分为万家坝型、石寨山型、冷水冲型、遵义型、麻江型、北流型、灵山型和西盟型。

[2] 蒋廷瑜，廖明君：《铜鼓文化》，浙江人民出版社，2007，第30页。

陈正伦丧礼所使用的铜鼓是“老祖宗流传下来的，属于陈氏家族共有。它是一面公鼓”。[1]至于其流传至今有多长时间以及因何称其为公鼓，如今已无从知晓。该鼓面直径约50厘米，鼓面有6晕，太阳纹12芒，各芒间还饰有不同纹路。鼓身高约30厘米，鼓身附有同心圆纹，胸部对称两侧有耳2对，空心鼓足直径约55厘米，饰有三角纹。需要特别提出的是，我与此鼓并非初次见面，远在2007年5月19日，我就曾与贵州师范大学音乐学院蒋英副教授一起针对此铜鼓进行过调查采访，而当时被访人就是如今的亡人陈正伦。鼓在人亡，物是人非，见到葬礼上被悬于堂屋正中的铜鼓，令我内心颇为感慨。

在陈正伦葬礼节甘仪式中，铜鼓的击奏集中出现在两个环节：一是在东郎开始唱诵《亚鲁王》之前击奏三遍；二是在每个段落内容唱诵完毕时击奏。

3. 牛角和其他

除木鼓和铜鼓外，麻山苗族的丧葬活动里还有一件重要的器物：牛角。其制作过程：取材一般为五周岁以上的水牯牛的牛角，长约20厘米，弧形（约150°），并将一棍麻线系于牛角的两头。在麻山苗族的丧葬活动里，牛角既是一件神器，又是一件乐器。作为神器，它被悬挂于丧礼仪式现场（一般是和铜鼓栓、悬挂于同一位置）；作为乐器，它通常伴随木鼓的敲击而吹奏，每当东郎的唱诵告一段落，另一东郎便举起牛角吹奏，其声响高亢悲壮，营造出雄壮、紧张、急促的现场音声氛围。

木鼓、铜鼓的敲击声以及牛角的吹奏声是麻山苗族丧礼“节甘”仪式现场音声之“器声”的主要类型。此外，仪式开场时近两分钟的鞭炮声和鸣枪声也属此类，但因其与音乐的概念距离较远，故不在此作详细叙述。

[1] 2010年9月2日，与东郎陈小满访谈所得。

人声：吟唱、哭唱及其他

人声主要是指在丧礼活动中人的音声，包括三个类型：一是东郎诵唱亚鲁王史诗的吟唱声，二是现场孝女[1]的哭唱声，三是现场人员的各种嘈杂声。

东郎的吟唱声是指东郎在节甘仪式中唱诵亚鲁王史诗的音声。在一场节甘仪式中，前来参加唱诵亚鲁王史诗的东郎人数一般3人至7人不等。在唱诵过程中，一般是大东郎或者是年长的东郎[2]最先唱诵，待其唱诵完一个段落内容，如果觉得嗓子还能承受，就继续唱诵。除了在节甘仪式开始及其亚鲁王史诗的"固定篇章"的唱诵，东郎有特定的指定外，仪式过程中，其余段落的唱诵的东郎人选无特定要求：只要据东郎会唱（所记忆的）就接着唱。其他东郎都在现场聆听（演奏木鼓、铜鼓和吹奏牛角）。吟唱《亚鲁王》的声音在音高一般没有明显的起伏，吟唱的音调类型相对单一，吟唱速度也较为稳定。

妇女的哭唱声，主要是指在丧礼活动的各个仪式中孝女的哭唱音声，哭唱人员即孝女包括和亡者女儿一起前来吊唁的妇女及亡者儿媳。哭唱时，用毛巾遮蔽面部，蹲在灵柩旁哭唱。以前，在节甘仪式哭唱有特定内容，与先祖亚鲁王有关。但是根据我调查所获，目前已经没有人能哭唱这些特定内容。现在哭唱的内容只要能表达对亡灵的哀思和生者的安慰即可，都是即兴发挥。至于哭唱的时间、音量及其语速，则不限定。但是，情到深处，往往哭唱时间延续较长，音量变化幅度大，语速也较为松散。而能这样哭唱的人，除了直系家属外，那些平时话多（有一定口才交际能力的妇女）也如此。

至于现场人的各种嘈杂声，如呼应声与喧哗声等，这些音声具有随意性、偶然性特征，与节甘仪式没有实质性的关系，故亦不在此赘述。

音声分析

麻山苗族丧礼节甘仪式的音声形态有人声和器声两大类型。经分析发现，无论是人声还是器声，所含的具体声音类型，从其所表现的内容方面又都存在“近信仰”或“近世俗”[1]两种属性。而其不同属性在具体音声形式方面，又存在固定性与灵活性、严谨性与随意性的不同对应关系。本节即从这个角度切入，对节甘仪式中音声的表现内容与形式特征之对应关系作以分析。

具体来讲，如“人声”类型中东郎诵唱的《亚鲁王》，篇幅极长，包含了几十个篇章。其中凡涉及亚鲁王历史的部分其唱词在不同的葬礼中都是固定不变的，即本书第二章第三节中所称的“固定篇章”，其表现内容具有“近信仰”属性。而凡涉及到丧礼现场亡人的具体情况，如生前的居住环境、主要人生经历及家族史等内容时，其唱词由东郎在一定的结构框架限定下根据实际情况现场即兴编唱，本书称其为“可变篇章”。需要说明的是，“亡人”的身份具有双重属性：既是“人”，又是“灵”，游离在“阳间”与“阴间”的中间地带。在世人的眼里，他刚刚死去，尸体还躺在灵柩里，是可见可触的真实存在，是一种特殊的“人尸”。在世人心里，由于他已经亡故，灵魂已经脱离了躯体而独立存在，并即将远离家人去到祖先居住之地栖息，因此他又是“灵”。所以“可变篇章”的内容指向是介于“世俗”和“信仰”间的中间地带。至于现场妇女的散哭和人员嘈杂声，它针对着现世活着的人们的表达及情感宣泄的需要，其内容是完全近世俗的，因此其形式也表现出即兴、随意的特征。

在器声中，包含了木鼓、铜鼓、牛角、鞭炮、鸣枪等具体声音类型。在节甘仪式环节中，木鼓、铜鼓、牛角这三种类型，不仅是

[1] 曹本冶：《思想—行为：仪式中音声的研究》，上海音乐学院出版社，2008，第 35-37 页。

在特定时间内演奏[1]，并且音声具有相对固定的音高、节奏、时值等形式特征。这三种音声类型，和东郎吟唱亚鲁王史诗中具有呼唤性的名词或代词一样，具有神圣性特征和“灵验”之功用。所以，这三类器声的表达具有“近信仰”的属性。至于仪式开始时的鞭炮声与鸣枪声，是一种生活中的自然噪音，其表达形式没有音高、节奏、时值等因素的限定，表现为随意性和灵活性，其内涵是给仪式现场的人们宣告庄重、神圣的节甘仪式即将开始[2]。所以，这两类器声的表现内容具有“近世俗”的属性特征。“节甘”仪式中的音声关系具体情况如下表所示：

<table>
<tr><th colspan="2">音声类型</th><th colspan="2">表现内容</th><th>形式特征</th></tr>
<tr><td rowspan="3">人声</td><td rowspan="2">宝目[1]唱诵</td><td>固定篇章</td><td>近信仰</td><td>固定、严谨</td></tr>
<tr><td>可变篇章</td><td>世俗与信仰的中间地带</td><td>可变、灵活</td></tr>
<tr><td>散哭与喧哗</td><td colspan="2">近世俗</td><td>即兴、随意</td></tr>
<tr><td rowspan="2">器声</td><td>木鼓、铜鼓、牛角</td><td colspan="2">近信仰</td><td>音高、节奏相对固定</td></tr>
<tr><td>鞭炮、鸣枪</td><td colspan="2">近世俗</td><td>随意、灵活</td></tr>
</table>

随着音声表达的内容，在“信仰”和“世俗”两极间远近距离的不同，其音声表达形式在传承中的固定度与可变度也随之发生变化。越接近“信仰”一极，固定度越高，可变度越低；反之，越接近“世俗”一极，可变度越高，固定度越低。

二、仪式音声中的器乐

通过上节的分析，已将仪式中“近”音乐的音声类型列举出来，本节我将着重就仪式音声中“器乐”的音乐特征进行分析。

[1] 东郎开始吟唱亚鲁王史诗之前近 3 分钟和每两个段落衔接时约 2 分钟。

[2] 也有观点认为此时的鞭炮声和鸣枪声主要是模拟战事场面之情形之说。

本节的"器乐"一词,特指节甘仪式中的铜鼓、木鼓、牛角三种乐(法)器奏出的声音,与通常意义的"器乐"概念并不完全吻合。以下将从演奏方法、音色音量及节奏节拍三个方面分别对其进行描述。

木鼓

在丧葬仪式中,木鼓的使用贯穿全程。其摆放有两个固定位置:堂屋中央或灵柩旁,摆放位置不同,其演奏敲击的方法及鼓点的节奏节拍也不相同。

奏法一:

在整个葬礼中,从"入殓"阶段至"守灵"阶段,木鼓均被摆放于堂屋中央,由守灵者及前来吊唁的人击奏。此种演奏采用三人合奏的方式,三人呈三角形排列站立,置鼓于中央,每人右手各持一鼓槌。演奏过程包含相互连接的三个环节:1、敲击鼓面两下;2、与右侧同伴对击鼓槌两下(正反各一下);3、与左侧同伴对击鼓槌两下(正反各一下)。演奏时该过程可以无限循环,但由于三人的演奏同时起始于不同环节,因此便会出现同一时间内三人各自处于不同演奏环节的现象,从而造成各环节听觉效果相同而视觉效果不同,音响相同而演奏形态不同的特殊效果,别有一番情趣。

此种奏法形成的鼓声包括鼓槌声响和鼓面声响两个声部织体。若以甲、乙、丙表示三位击奏者,以"="表示鼓槌相击的声响,以"●"表示鼓槌敲击鼓面的声响,其节奏节拍及声响织体如鼓谱A所示:

甲:	=	=	●	●	=	=	· // · :
乙:	=	=	=	=	●	●	· // · :
丙:	●	●	=	=	=	=	· // · :

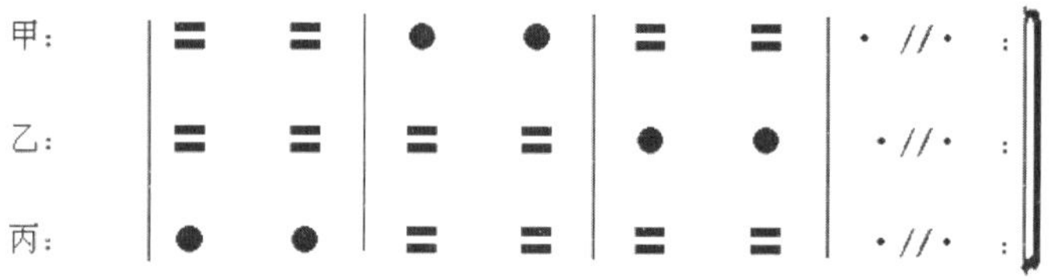

此种奏法所产生的节奏以均分律动为主要特征,节拍以 2/4 拍

为主，节奏重音与节拍重音基本吻合。在演奏过程中三人节奏的呈递通常按逆时针方向重复循环，演奏时间无长短限制，一般以其中某个人的疲劳不能再继续演奏结束一个段落。另一组接着演奏。此种演奏方式带有游戏与娱乐性，需要演奏者相互配合，配合默契，方能形成循环往复的效果。按照当地人的说法，演奏木鼓不仅可以消除守灵人的疲劳，也可以使“亡灵”感到开心，因而在守灵环节人们可以随意组合，随意演奏。

奏法二：

在葬礼的节甘仪式中（即东郎为亡灵唱诵亚鲁王史诗时），木鼓被摆放于灵柩旁，由东郎（单人，专司木鼓，不唱）左右手各执一鼓槌击奏鼓面。每唱完一个段落，便需敲击一通，此时的鼓声具有唤醒亡灵，提示祂“认真”聆听东郎唱诵的含义。

此种奏法每次击奏时长约两分钟，所产生的鼓点，其节奏节拍具有渐变、游移的特征，具体体现为速度呈现由慢渐快再渐慢的枣核状变化趋势（最快时可达约每分钟 200 拍，最慢时每分钟约 30 拍），同时伴随着力度由强渐弱再渐强的变化。这种演奏风格与古代战场上战鼓的音响颇为接近，结合唱词内容中多处出现的战争场景[1]来看，将其视作“战鼓”的拟声并不牵强。

敲击木鼓，其音色浑厚、深远，其发出“咚咚”的声响音量跟随力度的变化而变化；力度渐弱，音色逐渐低沉、浑厚；力度渐强，音色逐渐高亢、深远。

铜鼓

麻山苗族丧葬仪式中的吊丧与节甘两个阶段需击奏铜鼓。吊丧时，每当一批前来吊唁的亲朋到来，家中人便奏响铜鼓以示感

[1] 如《井盐之战》：赛阳赛霸号令七千砍马腿脚的务冲阵在前，赛阳赛霸号令七百砍马肢体的务冲锋在前。

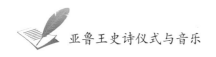

谢，并同时向亡人报来者的姓名与住处。节甘仪式中[1]，铜鼓由一位东郎专门击奏（不唱），演奏铜鼓的时间和演奏木鼓的时间处于同一时间段。

与木鼓有所不同，铜鼓在不同场合的击奏方法与鼓点并无差异，由击者手持鼓槌，击奏鼓身或鼓面的太阳芒，形成宽厚低沉（鼓面）及尖锐明亮（鼓身）两种不同的音色。演奏铜鼓，其节奏节拍相对均衡，节奏型呈均分律动型，力度也无明显变化。若以“匡”表示打击鼓面的声响，以“铛”表示打击鼓身的声响，则可将铜鼓的鼓点记录，谱例如下：

匡 铛 匡 | 匡 铛 匡 铛 | 匡 匡 铛 | 匡 铛 匡 铛 | 匡 匡 铛 | 匡 铛 匡 |

匡 铛 匡 | 匡 铛 匡 铛 | 匡 匡 铛 | 匡 匡 铛 | 匡 匡 铛 | 匡 铛 匡 铛 |

匡 - |

从上面谱例可看出，其节奏属于我国民间打击乐中普遍存在的“多节奏”形态[2]。“多节奏”的概念有两个基本特征：“一是由长短不一、易于划分的‘逗’构成最小的节奏单位；二是除一拍逗仅一强拍外，两拍以上所形成的逗，一般逗首为次强拍，而逗尾则为强拍”。[3]上面谱例中铜鼓节奏划‘逗’依据为每逢时值为一整拍的“匡”为一“逗”。因此，参照我国民间打击乐的多节奏句逗划分常以数字“一”“三”“五”“七”“九”等来表示的方法，麻山苗族丧葬铜鼓节奏句逗的划分按照每逗中包含点数的多少可表示为：三、五、七、五、三、五、三、三、七。每逗长短不一，其强弱循环

[1] 其他时间不能随便演奏铜鼓，如违反就是对祖先神灵的不敬。具体见本文第四章铜鼓的文化阐释。

[2] 杨荫浏编著《十番锣鼓》，人民音乐出版社，1980，第 14 页。

[3] 聂希智：《中国民间乐曲中横向节奏组合的特点》，《中央音乐学院学报》1989 年第 4 期。

的规律为均开始于次强拍(半拍时值的“匡”)而结束于强拍(一拍时值的“匡”)。

由于演奏者是即兴敲击，铜鼓鼓点在具体击奏时并非一成不变，每逗的点数可多可少，并不具有明显规律，但每逗点数为奇数，起于次强而结束于强的循环规律却始终不变。可以说，其节奏既有一定的规律性，又具有一定的灵活性。

牛角

关于牛角的演奏时间，在上文已述及，在此也不在赘述。吹奏前，先深呼吸，两手扶住牛角，然后嘴唇紧闭并且处于紧张状态，两面脸颊也处于紧绷，嘴唇留有一口风。吹奏时，牛角的吹孔与嘴唇口风紧密连接，吹气发出音响“呜……”声，其持续时间与吹奏人的肺活量成正相关关系。至于音高上的变化，也是和木鼓的“奏法二”所产生的音响一样，一般经历“渐低—渐高—逐低”的循环过程。

三、仪式音声中的声乐

1930年代，哈佛大学学者米尔曼·帕里和他的学生艾伯特·洛德在南斯拉夫对于当地史诗的表演活动进行了细致的考察和研究，艾伯特·洛德于1960年出版了他们的研究成果《故事的歌手》一书，发展出了史诗表演的口头程式理论，即口头程式理论，又称为“帕里——洛德理论”，这是在二十世纪的西方发展起来的为数不多的民俗学理论之一。

口头程式理论作为一种方法论，在基本架构上利用现代语言学、人类学研究成果，以史诗文本的语言学解析为基础，论证口头诗歌尤其是史诗的口述性的叙事特点，独特的诗学法则和美学特征等。口头程式理论的研究，主要集中在口头诗歌的概念、程式和关于以程式、主题进行创作的问题，以及与之相对应的即兴创作、记忆、文本背景等的研究。

1975年，美国人类学家理查德·鲍曼发表了长篇综述性与评论性的题为《作为表演的口头艺术》的论文，此文的发表标志着“表演理论”的正式形成。亚鲁王史诗虽然是在葬礼仪式中进行唱诵，但其功能主要是叙事性的。“民间叙事是表演理论最为关注和倾力的主要领域之一。从表演理论的视角看，民间叙事文本不再是集体塑造的、传统和文化 的反映，也不是“超机体的”（superogranic），即它不再是一个自足的、具有自己生命力的、能够自行到处巡游（travel）的事象，而是植根于特定情境中的，其形式、意义和功能都植根于由文化所限定的场景和事件中。研究者也不再局限于以文本为中心、追溯其历史擅变、地区变文或者蕴涵的心理和思维信息的研究视角，而更注重在特定语境中考察民间叙事的表演及其意义的再创造、表演者与参与者之间的交流，以及各种社会权力关系在表演过程中的交织与协调”[1]。自“表演理论”在20世纪70年代前后形成至今，仍然具有强大的生命力。“表演理论”广泛影响到了世界范围内的诸多学科领域，例如民俗学、人类学、语言学、宗教研究、史诗学、音乐、戏剧与大众传媒等许多研究领域。

图12 东郎王小五在葬礼上唱诵史诗

这一部分部分，主要采用跨学科的

[1] 杨利慧：《表演理论与民间叙事研究》，《民俗研究》2004年第1期。

研究研究方法，即口头程式理论、表演理论和语言学等方法，对苗族英雄亚鲁王史诗歌调类别及特点、腔词关系、程式化特征和演唱方法等作分析研究。

亚鲁王史诗歌调类别及特点

在我国一些少数民族中，流传着歌唱长篇叙事诗、历史诗的民歌，例如彝族的《梅葛》、苗族的《古歌》、瑶族的《盘王歌》……和独龙族的《创世纪》等等。这些民歌记述了有关宇宙和人类起源的古代神话和传说，先民对一些自然现象的认识，以及有关历史、生产、生活和礼仪方面的知识。这些歌曲多在节日、祭祀或婚丧仪式中由巫师或德高望重的老人主唱，气氛肃穆。其曲调接近口语，吟诵性较强；歌词篇幅较长，有的长达数万行，需要数小时甚至几天才能唱完[1]。

亚鲁王史诗主要于丧葬仪式中演唱，属于"长篇叙事诗、历史诗的"民歌。根据调查研究发现，亚鲁王史诗从唱词内容到音乐形态均具有以上特征。在西部苗族特别是麻山苗族地区，人们根据亚鲁王史诗的演唱环节和唱词内容等的不同，将其歌调分为开路调、请祖调、砍马调、离世调、发丧调、永别调和散哭等等，这是民间的分类方法。根据田野调查数据和实际情况，我们将按照吟唱主体、经腔音调及吟唱内容的不同将其歌调进行分类。经分析，亚鲁王史诗的音声歌调可分为三大类，即说白调、吟唱调和哭唱调。其中，吟唱调为东郎唱诵亚鲁王史诗所运用的歌调，这是运用得最多的歌调类型；哭唱调是在吊唁仪式和节甘中，孝女哭着唱诵所运用的歌调；说白调主要用于演唱亚鲁王史诗中的对于故事情节等内容的交代，该说白调唱词唱段较短小，运用相对少一些。

[1] 袁静芳：《中国传统音乐简明教程》，上海音乐出版社，2006，第6页。

1. 亚鲁王史诗的歌调类别

（1）说白调

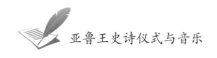

在西部苗族的丧葬仪式中，此调类使用不多。根据丧葬仪式实录和东郎访谈获知，说白调主要运用在葬礼仪式中的以下环节：Baef ndrais hluob（摆丧宴）、Baif ndenf ndrangb（祭灵餐）、Treuz nbat huob ngaet（猪的史诗·祈福）、Buh terh buh hrers（祈求保佑）、sangt songfd（嗓甘）、Heis gaid（指路）、His ndongs his dant（嘿彤嘿丹）和 Sangd songx（商耸）等环节运用。

此调类与日常说话语调和声腔都是一样的，唯一不同的是，在具体的丧葬仪式演唱亚鲁王史诗各环节中，说白调的语速要快于日常用语。

（2）吟唱调

在西部苗族的丧葬仪式演唱亚鲁王史诗中，此调类使用最多。根据丧葬仪式实录和东郎访谈获知，吟唱调主要运用在葬礼仪式中的以下环节：Langt heid（榔核）、Yangb luf qik（亚鲁祁）、Langt qiad shuot、（榔卡梭）、Langt bangt shuot（榔帮梭）、Langt njaid pail（郎倢排）、Langt heut（郎晦）、Cad wot（嚓喔）和 Ljangb mens（马的史诗）等唱段内容。

此调类与日常说话语调和声腔是有一定的差别，介于日常用语和“声乐”之间，属于音声境域里的近语言而远音乐一侧。唱腔根据唱词声调的起伏变化而呈波浪线向前行进。

（3）哭唱调

根据田野调查发现，西部苗族的葬礼仪式中，哭唱主要由女性完成较为常见，特别是在“节甘”仪式和吊唁仪式当天最为频繁。从访谈资料得知，自古以来，西部苗族妇女就像东郎一样，在葬礼仪式中，女性的哭唱功能和东郎唱诵亚鲁王史诗各唱段具有同等重要的功能，也具有固定的唱词唱段。但是，如今，在葬礼仪式中的哭唱，多是以散哭为主（哭唱的内容是即兴的），内容可长可短。

现在哭唱中的固定唱段唱词，还有部分东郎知晓，但是在具体的葬礼仪式中，很少有这部分内容的哭唱，甚至直接就省略不唱。

和说白调和吟诵调相比，其旋律更加明显和丰富，属于音声境域里的远语言而近音乐一侧，因而哭唱调更具有音乐性。

2. 亚鲁王史诗的歌调分析

据调查、分析和比较，麻山地区现存的3000多名东郎在诵唱时采用的声腔虽各有差异，却是大同小异。若对其声腔进行逐一考察，不仅工作量巨大，且无太大意义。因此我在对东郎声腔进行分析时，主要以紫云县最具知名度、影响力以及授徒最多的大东郎的声腔进行采样，以此分析他们的声腔的一般性原则及规律。

通过上文叙述可知，亚鲁王史诗的歌调主要有三种类型：说白调、吟诵调和哭唱调。由于说白调与日常用语无本质区别，因此，对亚鲁王史诗歌调的特点分析，主要就歌调中的吟诵调和哭唱调进行分析。在具体的歌调分析中，主要以苗族西部方言麻山次方言的中部土语区的亚鲁王史诗歌调为分析例证。

（1）吟诵调：代表经腔《Ndot Nox Xed Faf Ded》（开路调）和《Bangt Suot Had Rongl Bux Daod》（迁徙到哈榕卜稻）[1]。

（Ndot Nox Xed Faf Ded）谱例：

[1] 梁正伟吟唱，梁勇记谱，采录于紫云县宗地镇戈岜村大寨组。

《Bangt Suot Had Rongl Bux Daod》谱例：

大意：亚鲁王整装待发，准备带着自己的族群向名为“卜稻”的地方迁徙。

通过对以上两个典型谱例的词曲分析，可以概括出其具有如下音乐特征：

①旋律由互为四、五度的二音列构成，连同高八度音，整个音调包含三个音高，旋律以一音为中心，采用五度上跳与四度下跳两种方式进行，如，各个乐句以中心音的自由延音开始，结束于自由延长的中心音，音乐性格悲壮苍凉。

②唱词“哦，现在起来上天了，哦！”为固定唱词，配以固定衬腔，是每个段落开始的标志，每个段落反复唱诵固定衬腔三次后正

式进入正词的唱诵。

③速度适中，约每分钟 70 拍 -80 拍，以二拍子为主，歌调正词部分节奏相对固定，节奏型以 × × × × 为主，词曲结合基本为一字一音，每一乐段的开始都是一个自由延长音，每一乐句的结尾节奏型以 ×. × 多见。

（2）哭唱调：代表经腔《Lel Gait》（《永别》）[1]。《Lel Gait》谱例：

大意：啊，某某啊，我现在准备给你修建食堂，回到祖先那里叫亚鲁王一起和你就餐。

通过对典型谱例《Lel Gait》的分析，可以概括出哭唱调具有如下音乐特征：

①旋律由一个小三度加大二度的三音列构成，如，其中小三度的根音为主音，旋律具有羽调式色彩。各乐句和段落结束于主音的自由延长音，并常以三度、四度下滑的方式进行。音乐性格凄婉忧伤。

②唱词"啊，X（哭唱者对亡人的敬称）啊！"为固定唱词，同样配以固定衬腔，成为区分每个段落的标志。

③速度较慢，以四拍为主，歌调节奏相对悠长、自由，趋于散化。

（3）两种歌调的比较：

尽管吟唱调与哭唱调是两种不同的歌调类型，但作为同一仪

[1] 岑春华演唱，梁勇记谱，采录于紫云县宗地镇巴茅寨。

式类型中唱用的歌调，二者间也存在明显的共性特征：

①歌调音列均较为简单，哭唱调的“三音音列是五声音阶的省略形式”[1]，唱词（正词）一音一字，这种较少音列与一音一字构成的音乐应当是产生较早，同时也是比较简单的歌调。

②均具有似说似唱的唱诵性特征。“说”具有一定音乐性的“唱着说”，“唱”具有一定语言性并注重内容传达的“说着唱”。这种唱诵性音腔的内涵同构成曲艺艺术本质特征的“说唱”内涵相似，即“包括了由‘语言性’到‘音乐性’呈逐渐增强趋势的‘说’‘又说又唱’‘似说似唱’和‘唱’”[2]四种情形。总之，对亚鲁王史诗的吟唱性特点，都是在“语言性”和“音乐性”为共同常量的范围之内运动或变化。

③唱腔结构相同。亚鲁王史诗的一个唱腔结构单位一般分为三个部分：起腔、行腔和落腔。起腔和落腔部分为散板，行腔部分节奏和速度相对均衡，每一乐句最后一般都由一个自由延长的音构成，并且多以四度音的下滑结束，独具特色。起腔乐句为吟唱调和哭唱调的核心音调，即行腔和落腔的音调是起腔音调的变化展系。

④均为多段词的分节歌形式。在亚鲁王史诗的吟唱调或哭唱调中，各部分内容由很多段落组成。各个段落的唱词或以韵文体或以散文体的形式为主，以吟唱调和哭唱调的音列做变化出现作“曲一唱百”的吟唱和哭唱，调性单一。故多段词的分节歌形式也是亚鲁王史诗唱词的明显特点。

⑤固定呼唤性唱词与衬腔是划分乐段的标志。歌调中，每一行唱词（叠句）是划分各个乐句的主要依据，由于以“唱词”而不以“旋律”划分乐句，所以构成乐句的旋律简单，乐句感也较差。

---

[1] 石薇：《贵州岜沙苗族音乐考释》，硕士学位论文，中央民族大学音乐学院，2007，第 18 页。

[2] 吴文科：《中国曲艺艺术论》，山西教育出版社，2003，第 66 页。

3. 亚鲁王史诗的腔词关系

“腔词关系”是我国民族音乐学家于会泳先生对我国传统民族民间音乐创腔实践方面提出的专门音乐术语。他认为，“‘腔’是指唱腔曲调，‘词’是唱词的简称，‘腔词关系’就是指在同一乐曲中唱腔与唱词的关系”。[1] 可见，腔词关系的研究，属于音韵学的范畴。当然，于会泳的“腔词关系”研究的主要对象是汉族民间音乐。由于苗族语言和汉语一样，同属于汉藏语系（苗族语言属于苗瑶语支），其语言同样具有声母、韵母和声调的特征。因此，腔词关系同样适用于亚鲁王史诗研究。由于苗族西部方言各土语区都有传唱亚鲁王史诗的传统，而不同土语区其语言音韵各具特色，本部分主要以苗族西部方言麻山次方言的中部土语区传唱的亚鲁王史诗为例进行“腔词关系”的研究。

（1）麻山次方言中部土语区语言音韵特征

中部土语区的苗语的声母和韵母，上文已列表并举例，在此不再赘述。汉藏语系中，不仅单音节占据大多数，且声调的高低与唱腔走势具有紧密关系，因此这里主要就中部土语区的语言声调作简要介绍。

严格来说，麻山次方言苗文仅有八类大调，如：x，b，d，z，（t、c），（p、pp），（k、s），（l、f）等。但根据亚鲁王文化研究中心的翻译成果来看，麻山次方言中部土语区的苗语的声调有十二个声调，这十二个声调又可以分为八个类别。

现将麻山次方言中部土语区的声调高低及其调号列为下表：

[1] 于会泳：《腔词关系研究》，中央音乐学院出版社，2008，第 1 页。

类别	声调（调值）	调号	字例		
第一类	55	x	sainx 钱	nyix 银	nblaax 稻谷
第二类	42	b	sainb 年	aob 二	gab 药
第三类	53	d	saind 剪	dlaad 狗	ndaad 长（短）
第四类	232	z	sainz 熟	tangz 风箱	ongz 山湾
第五类	35	t	saint 碗柜	daat 霜	ndaot 多
	24	c	sainc 想	waoc 头	nraoc 饭
第六类	22	p	rup 蟋蟀	qaap 扫	rap 声音
	44	h	sainh 新	rainh 高	ljoh 大
第七类	33	k	saik 借	nduk 打	daok 斧头
	13	s	sais 漆	tras 姨父	rus 力气
第八类	21	f	saif 下巴	duf 豆	（nzef）躲
	11	l	senl 凉	ndreal 鼓	shail 手

（2）亚鲁王史诗腔词关系

在这一节中，将依据东郎演唱的亚鲁王史诗，进行其唱腔与唱词结合关系进行辨析。我们知道，即使是在当今，葬礼仪式中，演唱亚鲁王史诗内容及环节虽然有较大缩减，但大都还在 7 个小时左右。在本章节的腔词关系分析中，主要选取吟唱调部分唱段作为例证予以分析。

①吟唱调以上文的《Bangt Suot Had Rongl Bux Daod》为例。麻山苗族葬礼仪式演唱的亚鲁王史诗，每个唱段的唱词开始都是固定的，都是“哦，现在起来上天了，哦”，《Bangt Suot Had Rongl Bux Daod》同样如此：

这个起句，其唱腔句型由扬格（上扬）开始，结束转至抑格（下降）形式，在每个唱段中具有过度及承接的作用，称之为“歌

头”。“Oud”的调号是“d”，字调是“53”，根据“相顺”原则来看，“Oud”的字调的腔格应该是下行才符合腔词关系的基本原则。然而，由于在具体的唱诵中，不仅唱词固定，其唱腔也是固定的形式。因此，一头一尾的“Oud”，虽然同是一个单音节，其唱腔却是相反的，即前一个上行，后一个下行。值得注意的是，一开始，“Oud”为扬格上行，有助于提醒现场观（听）众的注意力，同时具有提示的作用（包括给亡灵提示）。结束的“Oud”，其腔格和字调及语调相顺，即从高至低运行。

“歌头”正词部分，即“现在起来上天了”：

这一句（歌头）正词，共三个小节，一字一音，其腔格较为平稳，第一小节两个连续的四度下行，属于下趋句型，呈抑格；后面两个小节，又反向四度上行，属于上趋句型，呈扬格。分析其腔词关系之前，有必要先对“语调”和“字调”进行了解。“语调”和“字调”都属于语言中的音高方面。“字调”是指音节的音高、音低和抑扬变化；而“语调”是指句子音调的高、低、抑、扬变化。言语里的声音基于特定的语境和说话人特定的感情、态度二形成的高低抑扬变化就是语调。

通过分析，上述这一句歌头正词，其抑扬格与其唱词的字调和语调是基本相顺的：

“laip ndal”，“laip”字调为“p”（22 调），“ndal”字调为“l”（11 调），这个词组的语调是下行的。同理，“ sed lul”，“sed ”字调为“d”（53 调），“ lul”字调为“l”（11 调），“ Sed lul”这个词组的语调也是下行的。如此看来，第一小节的两个连续的四度下行，与其唱词的语调（下行）紧密相连。换言之，它们属于腔词关系的“相顺原则”。“jat ndongk yos”，其唱词语调呈微弱下行，按照腔词关系的结合原则来看，其腔句旋法（指唱腔句式的旋律运行形式）是下行才符合“相顺原则”。但是，过分追求腔词关系的密切程度，必然会牵制和束缚腔调旋律变化与板式的发展，甚至有时为了表达与加强语气宣泄情感，或为了追求旋律曲调的完美，完全以音调进行为主也是可行的。[1] 因此，“jat ndongk yos” 其腔词关系为“相背原则”。加之，由于唱腔结束在长音（腔）上，从而平衡或削弱其“相背”所形成的不谐和。

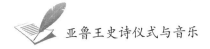

《Bangt Suot Had Rongl Bux Daod》第一乐句，其上下句的唱词具有相同的平仄关系，即：

谱例中两句唱词为整齐句型，即上下两句唱词字数相同，其格律（正格）组合形式也一样。

首先，来看这个唱腔的节奏。这两句唱词都未使用衬字和虚字，它们的正格都是相同的，即：2+2+2 的形式（苗文唱词）。对声腔对应来说，不仅在于句型的整齐与否，而且也在于句型内部词语词组结合的节律划分上。从节奏方面来讲，可以说我国早期声腔的节奏，就是由句子内部的分割与词组结构的形态所决定的。一般这种分割形式称为“顿”或“逗”……词句对腔调的影响主要是“逗”的作用。这种“逗”的作用反映于腔调上，主要是节奏的唱段关系而非轻重关系。“音乐的变化发展在早期及其以后相当长的一段时期中，大部分依赖于语言及文本的机构，唱词字间的节奏关系，常常主宰了音乐曲调的音间节奏关系；传统音乐中的乐逗、乐

[1] 庄永平：《中国古代声乐腔词关系史论稿》，上海三联书店，2017，第 11 页。

节、乐句、乐段等曲体结构形式，在早期就是来源于文体的逗、节、句、段等结构形式。就是在以后音乐独立性较强的时期，在声腔结构中他还是不能割裂和唱词的种种联系，这就是文学与音乐互为密切关系的特征。[1] 由此可知，“Yangb luf jeub hmenl has doud”和“Yangb luf zuod kuof has hlongt”的这两句正格形式，每一个词组均按照自身组合的基本唱练节奏作处理，即它们的正格形式和节奏安排是相顺的。

其次，来看这个乐句的腔词结合情况。

yangb luf jeub hmenl has doud, Yangb luf zuod kuof has hlongt。
亚 鲁 骑 马 在 屁股, 亚 鲁 穿 鞋 是 黑色。

“Yangb luf”这个词组，“Yangb”的字调是“b”（42 调），“luf”的字调是“f”（21 调），词组的语调呈下行趋势，其旋律也是有“5”下行至“2”，即同样为下行趋势，腔格[2] 为“下趋腔格”。故而其腔格和语调是相顺的；“jeub hmenl”这个词组，“jeub”的字调是“b”（42 调），“hmenl”的字调是“l”（11 调）。从谱面可知，前后两个词组的语调和腔格是完全相同的，在此不再展开论述。同理，后半句“Yangb luf zuod kuof has hlongt”中的“zuod kuof ”词组，其语调也是下行趋势，其腔格也是“下趋腔格”。“has doud”词组，“has”的字调是“s”（13 调），“doud”的字调是“d”（53 调），其词组的语调呈上扬趋势，其旋律也是有“2”下行至“5”，即同样为上行趋势，腔格为“上趋腔格”。故而其腔格和语调是相顺的。

值得注意的是“has hlongt”这个词组的腔词结合关系。“has”的字调是“s”（13 调），而“hlongt”的字调是“t”（35 调），其语调是

[1] 庄永平：《中国古代声乐腔词关系史论稿》，上海三联书店，2017，第 12–13 页。

[2] 腔格：唱腔受字调调值的制约而相应形成的音型。可以分为上趋腔格、下趋腔格和平行腔格三大类。

上扬趋势，如果从“腔词结合”的“相顺原则”来看，这个词组的腔格应该是“上趋腔格”才对。但是，为何是先上趋再下行呢？这主要是为了在实际的唱诵中，为了与前半句形成对比，增加其唱诵戏剧效果才如此为之。同时，“has doud”和“has hlongt”都结束在短促的“2”音上，可视之为装饰音。在整个声腔旋律线中，常加以各种装饰音的运用，一方面达到不断校正字调和照顾所摆字的字调作用，另一方面又不妨碍整个旋律线的顺达进行，这实在是一种绝妙的腔词关系处理方式。作为有声的语言，在声腔处理上既不应该忽视语言声调对旋律的影响，也不应该过多束缚腔调旋律的表现。因为语言声调之“声”与音乐音阶之“音”，前者是一种声音发生的连绵进行方式，后者则是一种阶梯进行方式。[1]

《Bangt Suot Had Rongl Bux Daod》第二乐句，其上下句的唱词也是完全相同的，即：

Yangb luf deit buxdongt nyid lid luok lid luok。Yangb luf deid bux waxyidlid bux nid lid lux。
亚 鲁 的 群孩子 哭 哩 啰 哩 啰。亚 鲁 的 群婴儿 哭哩 噜 呢 哩 噜。

这句上下唱词，虽然其唱词字数相同，即都是十一个文字；正格形式也一样，都是：2+1+2+1+2+1+2。但是整句唱词里，除了有正词“Yangb luf deit bux dongt nyid”和“Yangb luf deit bux wax yid ”外，还有模拟小孩哭泣的虚词（衬词）“lid luok nid lid luok”和“lid lux nid lid lux”。

正词中，“yangb luf”这个词组其语调是下行的，由“b”（42 调）下行至“f”（21 调），但在这个乐句里，其腔格却是平行腔格，都在同一个音高上唱述，前者在“5”音上，后者在“2”音上；“deit”作为助词，在此具有连接的作用；“bux dongt”（即“群孩子”）这个

[1] 庄永平：《中国古代声乐腔词关系史论稿》，上海三联书店，2017 年。

（前后）词组，“bux”的字调是“x”（55 调），“dongt”的字调是“t”（35 调），词组的语调呈下行趋势，但是它们的唱腔旋律却不一样，前者都在“2”音上，后者则由也是有“2”音上行至‘5’音上。可见，作为同一个词组，在不同的位置，它们的腔格又是不一样的，即前者“bux dongt”为“平行腔格”，后者前“bux dongt”为“上行腔格”，它们的腔词结合关系属于“相背原则”。

衬词部分：“lid luok nid lid luok”，其字调走势为：53 调—33 调—53 调—53 调—33 调，语调较为平稳，腔格先下行后又上行；“lid lux nid lid lux”，其字调走势为：53 调—55 调—53 调—53 调—55 调，语调较为平稳，腔格先平行后又下行再上行。衬词部分，它们的腔词结合关系同样不具备“相顺原则”。

②腔词结合关系的内在原因。比较《bangt suot had rongl bux daod》第一乐句和第二乐句，可窥见其腔词关系结合的存在“相顺原则”和“相背原则”的内在原因：

第一乐句：

Yangb luf jeub hmenl has doud，Yangb luf zuod kuof has hlongt。
亚　鲁 骑 马 在 屁股，亚　鲁 穿　铁　是 黑色。

第二乐句：

Yangb luf deit bux dongt nyid lid luok nid lid luok,Yangb luf deit
亚　鲁 的 群 孩子 哭 哩 啰 呢 哩 啰，亚 鲁 的

bux wax yid lid lux nid lid lux.
群 婴儿 哭 哩 噜 呢 哩 噜

第一乐句，从唱词内容来看，其唱词无衬词或虚词，正词重在事件的叙述。第二乐句，从唱词内容来看，其唱词有衬词或虚词，正词重在事件的提示或交代。由此可知，亚鲁王史诗在具体的唱诵过程中，其唱词内容无衬词或虚词，而重在事件的叙述的乐句中，其腔词关系结合以“相顺原则”为主，以利于叙述。反之，唱

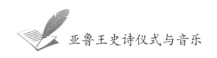

词有衬词或虚词，正词重在事件的提示或交代的乐句中，其腔词关系结合以“相背原则”为主，换言之，腔词结合关系较为随意，从而有利于情感的表达或传达。

四、亚鲁王史诗演唱方法

口头传播是民间音乐流传的主要方式之一，亚鲁王史诗是麻山苗族的一部长篇叙事史诗，其演唱（吟唱和哭唱）一直以来都是以东郎或妇女的口头传承传播为基础。口头传播的民间乐种，不论它的演唱方法有多少种，归纳起来其演唱方法主要体现在润腔特点和演唱技巧两个方面。所以在本小节里，我尝试从润腔特点和演唱技巧两个方面讨论亚鲁王史诗的演唱方法。

润腔特点

关于润腔的说法或者观点，可谓见仁见智。比如有人说润腔是指围绕着主干音向上或者向下对旋律进行的装饰性修饰。也有人说：“所谓润腔是指演唱者从内容和风格的需要出发，运用各种装饰力度、速度等因素的变化与对比，对唱腔的基本旋律进行细微的润色与装饰。以上两个观点都是从不同角度对润腔的叙述，各有其侧重点：前者偏重于润腔的过程和目的，后者不仅偏重于润腔的过程和目的，同时强调润腔的手段。关于润腔的观点，范晓峰在其著作《声乐美学导论》论述：“这种手法，不仅能为旋律的表现增色添彩，而且可以表现出细致的情感变化，对作品语势的力度、速度、节奏等，发挥着装饰与润色的色彩性作用。从而将旋律乐句婉转起伏、迂回缭绕、润饰渲染得血肉丰满、韵律和谐，大大增强了细微精致的情感变化。”[1]

在亚鲁王史诗的演唱中，主要的润腔手段有旋律风格型润腔

[1] 范晓峰：《声乐美学导论》，上海音乐出版社，2004，第 32 页。

和力度与速度型润腔。

1. 旋律风格型润腔

这种润腔手法是为了体现某个曲种或某个流派特殊的演唱风格，使其唱腔所表达的感情或风格更加细腻、更有特色而进行的润饰。[1] 旋律润腔手法在亚鲁王史诗唱腔中，主要体现在哭唱类唱腔：大量的使用颤音、倚音和波音等围绕着主干音进行修饰。在这三种装饰音里，以颤音的使用最为普遍和广泛。可以说，哭唱类几乎每一乐句都有颤音的运用。哭唱过程中，颤音加上悲伤的唱词一起哭唱，极好地表达了哭唱者失去亲人的悲痛心理情感。

2. 力度与速度型润腔

力度与速度型润腔是指那些具有特殊效果的力度与速度处理。这种润腔手法在亚鲁王史诗中，吟唱类和哭唱类都所体现。其中，吟唱类唱腔多用力度型润腔，如起腔句和每一乐句的开始音；哭唱类唱腔多用速度型润腔，如自由延长音的运用。运用力度对比的手法是旋律收缩得体，强弱适中，虚实相间，抑扬顿挫，使唱腔富于变化、生动形象，词意的表达更加深刻、细致，刻画的音乐形象也更加丰满。[2] 而哭唱类运用速度对比的手法，则是哭唱者心理情绪调控的体现，同样更好的表达哭唱者失去亲人的悲痛情感。

亚鲁王史诗演唱技巧

亚鲁王史诗的唱腔是在语言表述的基础上配以简单旋律的一种唱腔。即它的唱是为语言叙述表达而存在，因而“唱”要遵循语言表达的基本规律。这种借助和遵循语言表达的演唱方法，体现在具体的演出中，主要是对于用气、发声、吐字和传情的综合运

[1] 李晓玲：《藏族史诗〈格萨尔〉音乐研究》，硕士学位论文，西北民族大学，2005，第 30 页。

[2] 李晓玲：《藏族史诗〈格萨尔〉音乐研究》，硕士学位论文，西北民族大学，2005，第 30 页。

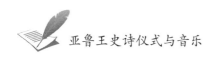

用，这四种要素的综合运用在亚鲁王史诗的演唱方法里也同样存在。

1. 用气技巧

我们知道，用气技巧不仅在吹管乐艺术至关重要，而且在歌唱艺术和说唱艺术也同样举足轻重。要想有优美的声音表现，首先要有足够的气息支持。对于在上诉艺术里，很多理论家或表演家已经总结出很多关于如何运用气息的方法。亚鲁王史诗的唱词有时达到一句中包含十五、十六甚至更多的词格，在演唱这些多词格的乐句时，有时加以拖腔，如果没有掌握好气息的运用，就不能完整的唱完一句唱词，从而会破坏唱词所表达的意义，影响旁听者的理解。所以在演唱亚鲁王史诗时，很多艺人都说要“把气‘喝’到肚子里面去”[1]，这就是人们常用来描述如何运用气息的方法：气沉丹田。

2. 发声技巧

曲艺音乐在其发展和演变的进程中，积累了适合各自演唱的发声方法。好的发声方法，可以增强唱词的表现力度，同时减轻嗓子没有必要的压力。东郎在演唱亚鲁王史诗时多用口腔共鸣，以真声演唱为主，唱时的音量略高于平时说话的音量。

3. 吐字技巧

我们知道，亚鲁王史诗的演唱是服从和服务于其内容的。就此而论，如果不注意正确的吐字方法技巧，也会影响唱词内容叙述的完美性。很多东郎在演唱《亚鲁王》时，都自觉地把“声音好听和每一个字吐清楚”[2] 作为评判的标准。

4. 传情技巧

在情真意切的状态下，情感的传达其实不需要学习任何技巧

[1] 东郎黄老华语。

[2] 东郎黄老华语。

的。亚鲁王史诗是创世史、英雄史和迁徙史“三史合一”的苗族长篇史诗，在丧葬节甘仪式里，有些东郎每唱至始祖亚鲁王战败后带领部族迁徙的内容时，面部表情沉重，甚至还会有流泪的情景，流露的真情会感动在场的旁听者，达到了所谓的“以声传情，以情动人”的理想境界。

图 13 东郎黄老华唱诵

第五章

亚鲁王史诗演唱的程式化

本章主要以跨学科的研究方法，用表演理论（Performance Theory）和口头程式理论（Oral Formulaic Theory）对亚鲁王史诗唱词结构和唱词程式特征等进行分析。

表演理论，又被称为“美国表演学派”（American Performance School），是由美国多位民俗学者和人类学者所共同创立的一种重要的民俗研究视角和方法。其中理查德·鲍曼（Richard Bauman）是表演理论的主要代表人物，他的《作为表演的口头艺术》比较系统地对表演理论进行介绍和阐释。除了理查德·鲍曼外，表演理论的其他贡献者还有琳达·戴格（Linda Degh）和阿兰·邓迪斯（Alan Dundes）等学者。

关于“表演”的含义和本质特点，不同的学者有不同的论述。在这些学者的著述中，“表演”一词被用以传达双重的含义：艺术行为（artistic action）即民俗的实践（the doing of folklore），和艺术事件（artistic event）即表演的情景（situation）——包括表演者、艺术形式、听众和场景（setting）等。[1] 具体来讲，表演理论特别关注从

[1] 理查德·鲍曼著：《作为表演的口头艺术》，杨利慧、安德明译，广西师范大学出版社，2008，第 4 页。

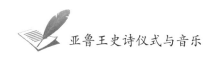

以下视角探讨民俗文化：（1）特定语境中的民俗表演事件（folklore asevent）；（2）讲述人听众和参与者之间的互动交流；（3）交流的实际发生过程和文本的动态而复杂的形成过程；（4）表演的即时性和创造性；（5）表演的民族志考察。

总体上来看，与以往关注“作为事象的民俗”的观念和做法不同，表演理论关注的是“作为事件的民俗”；与以往以文本为中心的观念和做法不同，表演理论更注重文本与语境之间的互动；与以往关注传播与传承的观念和做法不同，表演理论更注重即时性和创造性；与以往关注集体性的观念和做法不同，表演理论更关注个人；与以往致力于寻求普遍性的分类体系和功能图式的观念和做法不同，表演理论更注重民族志背景下的情景性实践……关注抽象的、无实体、往往被剥离了语境关系的口头艺术事象的观点不同，表演理论是以表演为中心，关注口头艺术文本在特定语境中的动态形成过程和其形式的实际运用。[1]

口头程式理论是上世纪由美国的学者米尔曼·帕里和艾伯特·洛德，基于口传史诗的田野调查和研究阐释，而创立的一套分析口头传统的理论。该理论反复强调口传史诗的文本与语境，强调对史诗的完整把握，但它首先是树立了口传史诗文本分析的样板，其方法之严密，程序之周详，也是学界所公认的。其次，程式问题是该学派的核心概念，这确实是抓住了口传叙事文学，特别是韵文文学的特异之处，开启了我们解决民间文学在创作和传播过程中的诸多问题的思路。另外，它对诗歌句法构造的掰开揉碎式的分析，为我们提供了一种既严谨又科学的范例，为在诗学范畴里拓展我们的学术工作，建立了具有开放结构的模式。[2]

---

[1] 杨利慧：《表演理论与民间叙事研究》，《民俗研究》2004 年第 1 期，第 34-35 页。

[2] 朝戈金：《口传史诗诗学：冉皮勒〈江格尔〉程式句法研究》，广西人民出版社，2000，第 8-9 页。

一、亚鲁王史诗的唱词结构

亚鲁王史诗是以口头演唱的形式流传于民间丧葬仪式的。根据演唱仪式环节和内容，口头演唱文本唱词结构由大到小，一般可以分为章、节、段、行、句、词等单位。不同地区也存在一些差异，如紫云苗族布族自治县宗地乡为代表的中部土语区，如果去世者为凶死，丧葬仪式活动里一般都有砍马仪式，由此也会有唱诵《马经》的环节和内容；如果是正常死亡，丧葬仪式活动中一般没有砍马仪式，就略去了唱诵《马经》的环节和内容；而在四大寨乡为代表的西部土语区，无论凶死还是正常死亡，丧葬仪式活动中一般都有砍马仪式，唱诵《马经》的环节和内容。

通过考察西部苗族不同方言区的丧葬活动，根据亚鲁王史诗国家级传承人陈兴华的唱诵及整理出版的文本[1]，可以知道亚鲁王史诗的基本内容如下：

<table>
<tr><th>史诗名称</th><th colspan="4">章节</th><th>内容</th></tr>
<tr><td rowspan="4">亚鲁王五言体</td><td rowspan="4">第一章</td><td rowspan="4">亚鲁王率先砍树为桩</td><td>第一节</td><td>对树诉说</td><td rowspan="4">丧葬活动中有砍马环节，因砍马时把马拴在马桩树上，所以此环节有东郎唱诵“树的起源”的内容。</td></tr>
<tr><td>第二节</td><td>树的祖源</td></tr>
<tr><td>第三节</td><td>亚鲁王救树</td></tr>
<tr><td>第四节</td><td>树祖爷向亚鲁王许愿</td></tr>
</table>

[1] 陈兴华唱诵并记录，吴晓东仪式记录《〈亚鲁王〉（五言体）》，重庆出版社，2018年版。

史诗名称	章节				内容
	第二章	收船钱路费	第一节	千亲百友来办斋	各方亲戚来吊唁时，一般都要带一些祭献品（如纸钱、布荷包等）送给亡灵，而祭献要通过东郎唱诵“收船钱路费”的过程来完成。
			第二节	追忆亲人	
			第三节	痛别亲人	
			第四节	亲人备物送行	
			第五节	万千嘱咐送亲人	
	第三章	亚鲁王领头砍马祭祖	第一节	送马上路	这个章节就是葬礼活动中的砍马环节，由东郎面对着被拴在马桩树的马唱诵《马经》。
			第二节	马的祖源	
			第三节	马祖投奔佑火、佑轰	
			第四节	亚鲁王礼待马祖	
			第五节	马祖向亚鲁王许愿	
	第四章	呼唤亡灵，述平生，求保佑	第一节	隔阴阳词	砍马之后，就要准备晚上唱诵亚鲁王史诗仪式所需物品。物品备齐后，东郎要先唱隔阴阳词，唱诵的功能主要是将亡灵和生者隔开。
	第五章	亚鲁先祖	第一节	亚鲁祖源 先王伟绩	本部分唱诵的内容较为广泛，包括天地的起源、万物的形成、人的起源和亚鲁的先祖等。结语部分主要是过渡到下一环节的交代。
			第二节	人雷争战智勇取胜	
			第三节	创造下方新天地	
			第四节	结语	

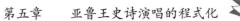

<table>
<tr><th>史诗名称</th><th colspan="4">章节</th><th>内容</th></tr>
<tr><td rowspan="21">亚鲁王五言体</td><td rowspan="13">第六章</td><td rowspan="13">亚鲁身世</td><td>第一节</td><td>亚鲁降生</td><td rowspan="13">这一章是关于亚鲁王故事的最核心部分，包括亚鲁王的降生、学文、做生意、习武、少年征战、登位收六国、意外得宝、盐井之战、血染大江、迁徙、占领亥布朵等部分，叙述了亚鲁的戎马一生。</td></tr>
<tr><td>第二节</td><td>投师学文</td></tr>
<tr><td>第三节</td><td>赶场做生意</td></tr>
<tr><td>第四节</td><td>学武术 练军事 杀猛兽</td></tr>
<tr><td>第五节</td><td>少年征战</td></tr>
<tr><td>第六节</td><td>亚鲁登位 战胜六王 收复六国</td></tr>
<tr><td>第七节</td><td>意外得宝</td></tr>
<tr><td>第八节</td><td>熬盐成功族群旺</td></tr>
<tr><td>第九节</td><td>亲兄弟觊觎亚鲁王</td></tr>
<tr><td>第十节</td><td>盐井之战</td></tr>
<tr><td>第十一节</td><td>失利巧计 血染大江</td></tr>
<tr><td>第十二节</td><td>捣毁家园 日夜迁徙</td></tr>
<tr><td>第十三节</td><td>亚鲁计谋 占领亥布朵王国</td></tr>
<tr><td rowspan="5">第七章</td><td rowspan="5">亚鲁后裔</td><td>第一节</td><td>视察疆域</td><td rowspan="5">这部分唱述亚鲁王的十二个孩子发展成十二个支系的历史。</td></tr>
<tr><td>第二节</td><td>王子分布</td></tr>
<tr><td>第三节</td><td>刁狄心歹身亡</td></tr>
<tr><td>第四节</td><td>各人各姓三年兄弟三代亲</td></tr>
<tr><td>第五节</td><td>地方首领</td></tr>
<tr><td rowspan="3">第八章</td><td rowspan="3">三个支系的历史</td><td>第一节</td><td>陆拢支系</td><td rowspan="3">这一章是关于各支系的历史。在丧葬仪式中，各支系只唱自己支系的历史，不唱其他支系的历史。</td></tr>
<tr><td>第二节</td><td>伍俊支系</td></tr>
<tr><td>第三节</td><td>刁狄支系</td></tr>
</table>

<table>
<tr><th>史诗名称</th><th colspan="4">章节</th><th>内容</th></tr>
<tr><td rowspan="24">亚鲁王五言体</td><td rowspan="6">第九章</td><td rowspan="6">亚鲁王引领杀鸡开路</td><td>第一节</td><td>送鸡上路</td><td rowspan="6">本章唱诵的内容为亡灵开路，即指引亡灵去往祖先的居住地。在指引亡灵的时候，要唱诵《鸡经》：告诉鸡不要怪罪东郎杀它，是鸡的祖先向亚鲁王承诺过可以杀鸡开路的，如果不遵照传统杀鸡开路，亡灵就不能到达祖先的居住地。</td></tr>
<tr><td>第二节</td><td>大难临头各自飞</td></tr>
<tr><td>第三节</td><td>鸡祖跪求人保护</td></tr>
<tr><td>第四节</td><td>亚鲁王战败迁徙过江</td></tr>
<tr><td>第五节</td><td>鸡祖求助过江寻找亚鲁王</td></tr>
<tr><td>第六节</td><td>鸡祖承诺亚鲁王</td></tr>
<tr><td rowspan="18">第十章</td><td rowspan="18">指路经</td><td>第一节</td><td>九梯九步</td><td rowspan="18">这部分为正式给亡灵唱诵《开路径》，即唱诵内容是亡灵回归祖先的居住地。唱诵到：亡灵会经过孤魂野鬼的游荡地及一些动物的汇集地：有一只狗拦路的大石头，吊死鬼聚居地，难产死的人聚居地，被枪杀而死的人聚居地，当亡灵去到一个九条河汇合的地方，就会有祖先坐船来接。唱到这里，东郎又要将自身的魂魄隔转一次，告诉亡灵，让他自己随祖先去，东郎要回转了，不再护送他了，而只是爬上高坡继续为他指引方向，并嘱咐他怎样与祖先相处。东郎要脚踩铧犁，做转身的动作，表示他不再跟随亡灵前去。从此开始，东郎要提高唱诵的声音，用声音护送亡灵越走越远。虽然东郎不再随亡灵一起前往，但亡灵前面的路还远……他会</td></tr>
<tr><td>第二节</td><td>竹炕竹楼</td></tr>
<tr><td>第三节</td><td>大地马场</td></tr>
<tr><td>第四节</td><td>大关宽坳</td></tr>
<tr><td>第五节</td><td>大朝门 围墙边</td></tr>
<tr><td>第六节</td><td>三龙坑 三龙洞</td></tr>
<tr><td>第七节</td><td>三养母 三育妇</td></tr>
<tr><td>第八节</td><td>凶桥上 年桥边</td></tr>
<tr><td>第九节</td><td>黑凶地 黑年方</td></tr>
<tr><td>第十节</td><td>梭岂安 格岂嗽</td></tr>
<tr><td>第十一节</td><td>梭过谜 格果庙</td></tr>
<tr><td>第十二节</td><td>梭麻坡 格麻地</td></tr>
<tr><td>第十三节</td><td>梭黑山 格暗林</td></tr>
<tr><td>第十四节</td><td>青冈坡 岩梢林</td></tr>
<tr><td>第十五节</td><td>枫香坡 樱木林</td></tr>
<tr><td>第十六节</td><td>瓦容坡 瓦路林</td></tr>
<tr><td>第十七节</td><td>白芝坡 杜亥林</td></tr>
<tr><td>第十八节</td><td>层木坡 杨树林</td></tr>
</table>

史诗名称	章节				内容
亚鲁王五言体	第十章	指路经	第十九节	卜江坪 卜利湾	碰到清水井，吃饭休息地，甚至还要经过太阳和月亮，一起在升上天，直达祖先居住地。到了居住地，东郎要呼喊祖先照顾新来的亡灵。唱毕，东郎慢慢走出堂屋的大门，到其他地方体息，丧葬亚鲁王史诗的唱诵结束。
			第二十节	桥三梯 梯三层	
			第二十一节	坪岩月 闹岩坡	
			第二十二节	大石关 大石坳	
			第二十三节	弥纳地 黑神庙	
			第二十四节	蠖辣坡 毛虫地	
			第二十五节	打铁厂 打钢场	
			第二十六节	申图大石头 吒牧大石块	
			第二十七节	申图索哈扎 吒牧格昊支	
			第二十八节	三岔路 三岔河	
			第二十九节	凶神坡 吊颈地	
			第三十节	红水塘 污水坑	
			第三十一节	索岩达 格甘扎	
			第三十二节	索向炉炭火 格司场人烟	
			第三十三节	跨大江 过大河	
			第三十四节	爬九十九层 上十百十梯	
			第三十五节	三口清水井 三口清水泉	
			第三十六节	揭开饭包 打开饭箩	
			第三十七节	临太阳边 近月亮旁	
			第三十八节	进太阳里 入月亮湾	
			第三十九节	走四大坪 过四大湾	
			第四十节	临场边 近场角	
			第四十一节	进场坝里 场坝头	
			第四十二节	走枫香坡 过椤木林	

史诗名称	章节				内容
亚鲁王五言体	第十章	指路经	第四十三节	走竹林湾 过竹林坪	
			第四十四节	走茅草坡 过茅草地	
			第四十五节	走刺竹场 过方竹林	
			第四十六节	走芭蕉湾 过山茗地	
			第四十七节	到房脚下 到寨脚边	
			第四十八节	进朝门 入巷道	

二、亚鲁王史诗的唱词特征

在丧葬仪式中，东郎在唱诵亚鲁王史诗时，都是用苗语进行展演唱述。其唱词中不仅有较为古老的语言，并且唱词乐句具有独特的叙事风格特征。由于古老的语言不常用，且只有能说本民族语言的局内人在具体的情景中才能知晓其意义，因此本节不单独就其古老语言进行阐述，主要从其唱句的特征作阐述分析。

唱词乐句长短不一

亚鲁王史诗的乐句，其字数并非固定的。有的乐句，只有几个词，甚至就是一个词，如“歌头”的“哦”或“咦”等叹词，而有的乐句，则长达十余个字，如《欧底聂》[1]引言部分唱段的乐句：

Yax Lus buf ncad Yax Lus guf ob neinb dongx lwf qad guf ob ngax soab

亚鲁王命十二个王子寻十二片疆域

[1] 欧底聂，苗语 Hroum Dwf Nyix 音译，亚鲁王的十二王子之一。在亚鲁王战败向南迁徙时，欧底聂所率领的族人一直作为先遣部队。欧底聂一路开荒，最后进入了如今的麻山，其后代繁衍演变成了现今麻山苗人的杨姓、梁姓、王姓、张姓、李姓、林姓和金姓等家族，其中杨姓家族为最繁荣。

Yax Lus buf ncad Yax Lus guf ob neinb dongx lwf qad guf ob ngax rongl

亚鲁王令十二个儿子建十二方领地

这两个唱句，每个长句都有十六个单词。像这种长句型乐句，在亚鲁王史诗里是较为常见的，再如《欧底聂》的正文唱段部分的唱词：

Hol daid Hroum Dwf Nyix wangh

来说欧底聂

Hol daid Hroum Dwf Nyix bangl

来讲欧底聂

Hroum Dwf Nyix jongx buf qws qinh

欧底聂带兵七千

Hroum Dwf Nyix jongx jangk qws bat

欧底聂带将七百

Hroum Dwf Nyix bloud qws bat tongl hland ngex lwf angd ndanx

欧底聂挥七百条军犬在前面引路

Hroum Dwf Nyix bloud qws juf tongl hland congs lwf angd wod

欧底聂遣七十条战犬在前方领路

Hroum Dwf Nyix nongh dif nongh jongx buf lwf sat gand dwf pjeins

欧底聂率兵紧随日夜去开荒

Hroum Dwf Nyix mom dif mom jongx jangk lwf sat gangb dwf pjal

欧底聂领将在后日夜去开路

Hroum Dwf Nyix bangb hloas soab Bangb Seis

欧底聂落[1]到了邦

[1] 落，指部族分散迁徙而去，有落荒之意，体现了一个民族的悲壮历史和苦难命运。

Hroum Dwf Nyix pus hloas rongl Guangb Tens

欧底聂进入了广腾

Hroum Dwf Nyix dah hal

欧底聂说

Soab Bangb Seis yongs Maf deib soab

邦塞是玛[1]的地方

Rongl Guangb Tens yongs Wus deib rongl

广腾是务[2]的村庄

……

Hroum Dwf Nyix bloud qws bat tongl hland ngex lwf angd ndanx

欧底聂挥七百条军犬在前面引路

Hroum Dwf Nyix bloud qws juf tongl hland congs lwf angd wod

欧底聂遣七十条战犬在前方领路

Hroum Dwf Nyix nongh dif nongh jongx buf lwf sat gand dwf pjeins

欧底聂率兵紧随日夜去开荒

Hroum Dwf Nyix mom dif mom jongx jangk lwf sat gangb dwf pjal

欧底聂领将在后日夜去开路

……

Lwx angb njinh nzwx nyix dwf reil

银子沉浮在清亮的井水里

Pel angb njinh nyix dwf reil

银子沉浮在清亮的池水底

Hroum Dwf Nyix dah hal

欧底聂说

Soab nad yongs soab rangd

这里是好地方

[1] 玛，苗语 Maf 的音译，某部族族称，具体情况待考。

[2] 务，苗语 Wus 的音译，某部族族称，具体情况待考。

Rongl nad yongs rongl rangd
这里是好村庄

上述唱段中的：

Hol daid Hroum Dwf Nyix wangh
来说欧底聂
Hol daid Hroum Dwf Nyix bangl
来讲欧底聂

这两句作为一个完整意义的乐句，各句唱词都是6个词组成，即前乐句：Hol、daid、Hroum、Dwf、Nyix、wangh，后乐句：Hol、daid、Hroum、Dwf、Nyix、bangl。

以下唱句，其词数则更多：

Hroum Dwf Nyix bloud qws bat tongl hland ngex lwf angd ndanx
欧底聂挥七百条军犬在前面引路
Hroum Dwf Nyix bloud qws juf tongl hland congs lwf angd wod
欧底聂遣七十条战犬在前方领路
Hroum Dwf Nyix nongh dif nongh jongx buf lwf sat gand dwf pjeins
欧底聂率兵紧随日夜去开荒
Hroum Dwf Nyix mom dif mom jongx jangk lwf sat gangb dwf pjal
欧底聂领将在后日夜去开路

四个唱句中，前两个唱句中各乐句都是十二个词：Hroum、Dwf、Nyix、bloud、qws、bat、tongl、hland、ngex、lwf、angd、ndanx；Hroum、Dwf、Nyix、bloud、qws、bat、tongl、hland、ngex、lwf、angd、wod。

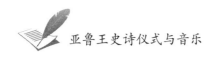

而后两个乐句中各乐句都是十三个词：Hroum、Dwf、Nyix、nongh、dif、nongh、jongx、buf、lwf、sat、gand、dwf 、pjeins；Hroum、Dwf、Nyix、nongh、dif、nongh、jongx、buf、lwf、sat、gand、dwf 、pjal。

整齐句式唱词乐句

整齐句式，顾名思义就是整个章节或唱段，其唱词数都是相同的。这种整齐主要有五言体和七言体两类，如《〈亚鲁王〉五言体》第三章《亚鲁王领头祭祖》的第一节《送马上路》[1]，即为五言体的形式：

噫……马哩马呀！
你是主家喂，我真不知道。
你是主家养，我确不晓得。
市场买回来，我也不知晓。
买在市场上，我也不清楚。
若是主家喂，主家耗粮草。
若是主家养，主家耗饲料。
市场买回来，主家用金买。
买在市场上，主家用银换。
你是好战马，你能赴征程。
你为好征马，你能赴战场。
这次主家人，把你买回家。
这回主人家，把你换来屋。
拿你作何用，不讲你知晓。
将你办何事，不说你知情。
不是哪一个，临时才兴起。

[1] 陈兴华唱诵并记录，吴晓东仪式记录《〈亚鲁王〉（五言体）》，重庆出版社，2018，第 55 页。

不是哪一人，临时才执意。
这是你祖先，从早就注定。
这是你祖爷，从早就安排。
你祖做成帽，在你头上戴。
你爷做成鞋，在你脚上穿。
你祖兴不是，你爷兴不好。
叫你这样走，让你这样去。
这是你命带，你就安心走。
这是你命背，你就安心去。
我穷不乱做，我饿不乱吃。
心大不乱为，脚长不跨河。
不羡你肉肥，不慕你汤香。
是你祖不好，是你爷不是。
不要怨哪个，不要恨别人。
是你祖承诺，是你爷许愿。
要怨怨你祖，要恨恨你爷。
今天我们来，遵循你祖许。
今日我们来，履行你爷愿。
不讲你知道，不说你晓得。

而《〈亚鲁王〉五言体》第三章《亚鲁后裔》的第十二节《习狄支系》[1]，其意译的唱词则是七言体的句式：

亚鲁叫他驻港路[2]，亚鲁叫他驻鸦扁[3]。

[1] 陈兴华唱诵并记录，吴晓东仪式记录《〈亚鲁王〉（五言体）》，重庆出版社，2018年6月，第283页。

[2] 港路：音译，地名，待考。

[3] 鸦扁：音译，地名，待考。

这是亚鲁抛其儿，十二个住十二地。
他命儿子十二个，治理地方十二处。
他令儿子十二人，管辖温域十二方。
今天就是这样讲，今日就是这样说。
亚鲁分地完后讲，亚鲁分疆完后说。
你们从今各一方，你们从今各一处。
各去治理新地方，各去管理新疆域。
你们像树多共桩，你们似竹多共蔸。
你们像鸟多共窝，你们似物多共坡。
你们像树大分丫，你们人大就分家。
你们现在是兄弟，再过三年是伙计。
你们现在是姐妹，三代过后可联姻。
你们像竹根生笋，你们似木节生菌。
你们娶来好媳妇，繁荣兴旺似楛生。
你们嫁出乖女儿，兴旺繁荣似曲发。
你们管好我地方，你们理好我疆域。
讲完亚鲁十二儿，十二儿子分地事。
说完亚鲁十二子，十二儿子分疆情。
现讲习狄狡诈事，现说习狄贪婪情。

需要指明的是，五言体或七言体并非丧葬仪式唱诵亚鲁王史诗唱词的直译，而是经过加工润饰的意译形式，这种形式“一是可以让大家能知晓其内容，了解苗族原生态文化的重要价值；二是能帮助记忆，节约传习时间，减轻工作量；三是便于领导及各方面人士对史诗传习工作进行监督检查。早日完成一本结构完整、体系严密、朗朗上口、易于理解的苗族英雄亚鲁王史诗，便成了我此生最大的梦想。”[1]

[1] 陈兴华唱诵并记录，吴晓东仪式记录《〈亚鲁王〉（五言体）》，重庆出版社，2018，第 9 页。

唱词布局讲究对仗

亚鲁王史诗正文唱词中，除了交代或提示或过渡性的唱词外，其余唱词布局具有鲜明的对仗特征，民间称之为“叠句”。这种“叠句”特点，就是（唱词正词部分）上下两句是一个完整的意义单位，它们不仅（苗文）唱词数相同，并且其正格形式也一样，后一句唱词是上一乐句个别字（或词组短语）的改变的变化重复形式，余下唱词完全相同。“这种独特的句式令史诗具有了浓郁的诗歌韵律，营造出重重叠叠，遥远而神秘的意境。”[1] 中华书局出版的《苗族英雄史诗〈亚鲁王〉》（史诗部分），虽然只有苗文唱词和直译（汉字）两行，但是苗文唱词部分，都是按照实际仪式中唱诵的“文本”进行翻译的。如《亚鲁族人根源》[2]：

Mux seh sel mux lud
生种子才生枝丫
Mux mim sel mux bid
生母亲才生父亲
Mux bid selmuxrongl
生父才生塞子
Mux nonghsel muxlim
生太阳才生月亮
Mux nongh mux lif sel hox ndongh
生太阳生月亮才亮天
Mux bied mux rongl sel mux mengh
生家生寨子才生人

[1] 梁勇：《麻山苗族史诗〈亚鲁王〉音乐文化阐释》，硕士学位论文，陕西师范大学音乐学院，2011，第 41 页。

[2] 中国民间文艺家协会主编《苗族英雄史诗〈亚鲁王〉》（史诗部分），中华书局出版社，2011，第 342 页。

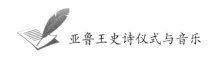

Mux bid mux mim sel mux dongb

生父亲生母亲才生儿女

Haed Xif Wus bangt soab lHlwf Jimd Naed

翰玺吾迁到地方词锦甾

Haed Xif Wus pus rongl lHlef ind Nzangh

翰玺吾搬来村庄河锦章

ndangb hlaob zad songs los

用四方竹来呵护家园

ndangb nyengh lul blwd songd

用刺竹来预判吉凶

Haed Xif Wus seil qws juf nyib sak rah

翰玺吾筹备七十妮砂绕

Haed Xif Wus seil qws juf nyib sak rongd

瀚玺吾筹备七十妮砂绒

Lwf yad Box Buf Niel Ndangx Sah Gok ul angt box hob roab hos

去要博布能荡赛姑来做煮菜的妻子

Lwfyad Box Buf Niel NcangxSaeh Gok lul angt mjins hob noas tud

去娶博布能荡赛姑来做煮饭的老婆

Lwf yad Box Buf Niel Ndangx Saeh Gok lulangt box dangb sangx

去娶博布能荡赛姑来做妇当门

Lwf yad Box Buf Niel Ndangx Saeh Gok lul angt mim dangb bied

去娶博布能荡赛姑来做母亲当家

Lul nyoab dot baeb jangk hox ndongh

来坐得三年亮天

Lul xom dot baeb jangk mos ndongx

来睡得三年夜天

Lul mux Saem Luf lul angt dix

来生赛鲁来做长子

Lul mux Saem Feid lul ndiaf
来生赛要来跟随
Lul mux Saem Yangd lul ndias
来生赛阳来跟随
Lul mux Saem Nblam lul ndias
米生赛霸来跟随
Lul mux Yax Qom lul ndias
来生亚鹊来跟随
Lul mux Yax Lus lul ndiaso
来生亚鲁来跟随

如载于《紫云苗族布依族自治县民族古籍资料》的亚鲁王史诗片段《造唢呐造铜鼓》[1]：

最早是谁造唢呐
最早是谁造铜鼓
最早是善多拉木[2]造唢呐
最早是善多拉木造铜鼓
造了十二面灰鼓，在十二个山头
造了十二个黄鼓，在十二个山崖
……
买九只九种不同羽毛的鸡
买十只十中不同颜色的鸡
灰鼓买白鸡
黄鼓买黄鸡

[1] 陈兴贤搜集、翻译、整理，收录于《紫云苗族布依族自治县民族古籍资料》（内部资料），第 58–63 页。

[2] 善多拉木，人名。

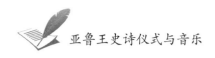

用它祭唢呐
用它祭铜鼓
……
善多拉木回到家
善多拉木转到屋
对宝纳仙纳肖[1]说
我到龙宫问龙王
龙王同意杀你祭唢呐
龙王同意啥你祭铜鼓
宝纳仙纳肖说：你要杀就杀
宝纳仙纳肖讲：你要宰就宰
我有话对你说
我有话给你讲
今后逢年过节
遇到红白喜事
你要用白鸡祭灰鼓
你要用黄鸡祭黄鼓
我要讨你们大鸡吃
我要讨你们大鸭吃
你们要祭雷
你们要祭雾
若是不祭雷
若是不祭雾
下雨冲垮你们的田
下雨冲垮你们的地
刮风吹到你们的庄稼

[1] 宝纳仙纳肖，人名。

刮风吹坏你们的房屋

……

善多拉木说：我杀妻子祭唢呐

善多拉木说：我宰妻子祭铜鼓

今后把白色铜鼓叫白龙鼓

今后把黄色铜鼓叫黄龙鼓

可见，《造唢呐造铜鼓》也同样是意译，但翻译者还是遵照原本唱词（叠句）的形式和词意再经过加工润饰，即同样具有上下句和对仗的风格特征。

三、亚鲁王史诗程式化

何为程式，在不同的艺术门类或学科中，其定义略有不同。如我国戏曲音乐中，在《中国大百科全书·戏曲曲艺》的定义是"立一定之准式以为法，谓之程式。"而在《辞海》中的"程式动作"，则是"从生活中提炼出来，经过艺术夸张的规范性表演动作"。而对于口头诗歌（亚鲁王史诗）的"程式"，是指在相同的格律条件下为表达一种特定的基本观念而经常使用的一组词[1]。

程式和程式化又是怎样的关系？中国艺术教育大系音乐卷《中国传统音乐概论》中有清晰的解释："一般而言，'程式'带有单一性；'程式化'带有普遍性。'程式'只说明一个具体单位；'程式化'从质的方面带有独特性，从量的方面带有普遍性，程式化在质和量上都比程式宽泛得多……说到底，程式化是对程式的一以贯之而获得的一个总体状态或根本特性。换句话说，程式化标志着在运用程式中，运用量之大，达到了一种质变而产生了另一种事

[1] 阿尔伯特·贝茨·洛德：《故事的歌手》，尹虎彬译，中华书局，2004，第 40 页。

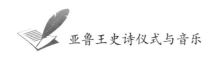

物，即一种特殊的形式化特性”。[1]

唱词程式化

亚鲁王史诗中，唱词程式化较为普遍，其中以数字“十二”和“七”为个位数、十位数、百位数和千位数的数字唱词体现最为明显。

1. 数词“十二”。中华书局版亚鲁王史诗第一章《走向亚鲁》（《Njaed Yax Lus》），数词“**guf ob**”（十二）在唱词中出现多次：

Yongs seis ndaex
是世纪前
Yongs seis wod
是世纪头
……
Hox Buf Lengl lul qol **guf ob** xangb saix
火布冷来造十二样钱
Hox Buf Lengl lul qol **guf ob** xangb tub
火布冷来造十二样钍
……
Hox Buf Dangb lwf qol jinx qil jod Angb Nongh
火布当去造成集市虎盎侬
Hox Buf Dangb lwf qol jinx qil lad Rongl Angb
火布当去造成集市兔格盎
Hox Buf Dangb njes guf ob nongb nongh zat **guf ob** ngax sob lwf dwb nzeil
火布当扶立十二个太阳在十二牢防区域轮回转动
Hox Buf Dangb nies gufob nongb qis zat **guf ob** ngax rongl lwf

[1] 袁静芳：《中国传统音乐概论》，上海音乐出版社，2000，第205–206页。

dwb nzeil

火布当扶立十二个集市在十二牢防围城轮回转动

……

Bind Lah Sangx bind xih nid lul

秉拉桑秉那时来

Bind Lah Bied bind xih nid lul

秉拉桑秉那时来

Bind guf ob wangm hloab zat **guf ob** ngax soab

变十二群体惑在十二牢防区域地方

Bind guf ob wangm meid zat **guf ob** ngax rongl

变十二群体媚在十二牢防区域村庄

……

Qol heid qol mub dot seim nid lul

造亥造不得世纪那来

Qol mengh qol mub dot seim nid lul

造人造不得世纪那来

Seim nid seim **guf ob** nongb nongh

世纪那世纪十二个太阳

Seim nid seim **guf ob** nongb lim

世纪那世纪十二个月亮

……

Saex Yangh njaet tongl wah ak lwf bongd nongh

赛扬爬棵马桑树去射太阳

Saex Yangh njaet tongl yangx ywh lwf bongd lim

赛扬爬棵杨柳树去射月亮

Saex Yangh lwf hlos **guf ob** jangk hox ntongh

赛扬去已过十二年白天

Saex Yangh lwf hlos **guf ob** jangk mos ndongx

赛扬去已过十二年夜晚

……

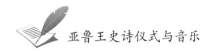

Nil ndias wes lwf **guf ob** bied xangh

她和别人去十二家亲戚

Guf ob bied xangd lwf **guf ob** nongh

十二家亲戚走十二太阳

Nil ndias wes lwf **guf ob** bied qal

她和别人走十二家亲家

Guf ob bied qal lwf **guf ob** mos

十二家亲家去十二黑夜

……

Yongs neib seid ndias Blud Dongx Nyat bud neib seid mas

是个谁和卜冬雅睡个谁消失

Yongs neib seid ndias Mim Dongx Nyod bud neib seid tias

是个谁和咪冬诺睡个谁死

Neib neib bind **guf ob** wangm hloab

个个变十二簇惑

Neib neib bind **guf ob** wangm meid

个个变十二簇眉

……

Wah nengb lul qol wah

树种子来造树

Zex nengb lul qol zex

竹子种子来造竹子

Guf ob tongl wah langd eib nongb songs

十二棵树生一个根桩

Guf ob tongl zex langd eib nongb njongd

十二棵竹子生一个根策

以上仅仅是第一章第一节的部分唱词内容，数词“**guf ob**”却已出现多次，贯穿整个章节唱段。

2. 数词“七”“七十”“七百”和“七千”

（1）数词“七”。除了“guf ob”，亚鲁王史诗还有多次出现“**qws**”（七）的唱句：

Jid xod ndongx **qws** nongh huox ntongh

强烈的太阳光爆晒了七个白天

Jid xod ndongx **qws** nongh mos ndongx

强烈的太阳光爆晒了七个黑夜

……

Yang lum jex hmenl jongx buf eib nongh nzeix lwf **qws** nongb suob

亚鲁王骑马带着兵一天环征去七个疆域

Yang lum jex hmenl jongx jangk eib nongh eib mos nzeix lwf **qws** nongb rongl

亚鲁王骑马带着兵一天一夜环征去七个王国

……

Yax Lus dah gongd lwf ndaenx gongd nox muk gongd **qws** juf heis nengb ndias

亚鲁王说了我前去吃不完我的七十担麻种

Yax Lus dah gongd lwf wom gongd nox muk qengf gongd **qws** juf heis nongx jand

亚鲁王说了我前去吃不完我的七担构皮麻种

……

Gongd led daid npul

我烧早晨

Gwf led daid mos

你烧夜晚

Dongh mos dwf seih

深夜寂静

Daid npul njik ndongx

清晨天欲晓

Hed Buf Dok lwf led **qws** dongx ghongb qws zuob

荷布朵去烧了七个山丘只燃了七把草

Hed Buf Dok lwf led **qws** peul ghongb qws langd

荷布朵烧了七个山坡只燃了七个山窝窝

Yax Lus led pers xongf mos ndongx

亚鲁王从下午烧到了天黑

Yax Lus led **qws** dongx blongd **qws** dongx

亚鲁王烧了七个山丘燃尽了七个山丘

Yax Lus led pers xongf mos ndongx

亚鲁王从下午烧到了天黑

Yax Lus led **qws** peul blongd **qws** peul

亚鲁王烧了七个山坡燃尽了七个山坡

如史诗第一章第六节《Bjwt Rangx Hrem Soab》:

Saem Yangd Saem Nblam kongs **qws** neinb buf angt yws lwf daed Yax Lus soab

赛阳赛霸派七个兵做妆扮去到亚鲁地方

Saem Yangd Saem Nblam kongs **qws** neinb jangk angt yws lwf daed Yax Lus rongl

赛阳赛霸派七个将做妆扮去到亚鲁村庄

Qws neinb buf lwf ndias Yax Lus angt rob nggox

七个兵去和亚鲁做草牛

Qws neinb jangk lwf ndias Yax Lus angt rob meinl

七个将去和亚鲁做草马

Qws neinb buf lwf qas Box Nim Sangd zad plongf rod nggox

七个兵去遇见波丽莎在草场守牛

Qws neinb jangk lwf qas Box Nim Luf zad plongf rod meinl

七个将去遇见波丽露在草场守马

Qws neinb buf hed lul hol daed Saem Yangd Saem Nblam

七个兵转来告诉到赛阳赛霸

Qws neinb jangk tom lul langs daed Saem Yangd Saem Nblam

七个将退来传言到赛阳赛霸

（2）**数词"七十"** 紫云苗族布依族自治县亚鲁王文化研究中心未公开出版的亚鲁王史诗有很多唱词"**qws**"（七十）的唱句：

Yws Nzongm sheil **qws juf** nyix shad rah

耶仲备齐了七十妮砂绕

Yws Nzongm sheul **qws juf** nyix shad rongk

耶仲备齐了七十妮砂绒

Yws Nzongm sheil **qws juf** nggox hlwb gongb

耶仲备齐了七十头白牛

Yws Nzongm sheil **qws juf** meil hlwb kom

耶仲备齐了七十匹白马

……

Yax Lus dah gongd lwf ndaenx gongd nox muk gongd **qws juf** heis nengb ndias

亚鲁王说了我前去吃不完我的七十担麻种

Yax Lus dah gongd lwf wom gongd nox muk qengf gongd **qws juf** heis nongx jand

亚鲁王说了我前去吃不完我的七担构皮麻种

……

Baenb yil jongx **qws juf** nengb ndias lwf koh suob nox rob

我们要带上七十挑麻种去寻找疆域吃菜

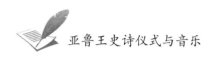

Baenb yil jongx **qws juf** nengb njaend lwf koh rongl nox noam

我们要带上七十担构皮麻去立国吃饭

……

Yax Lus tom lul daid sangx

亚鲁王回到宫

Yax Lus tom lul daid berd

亚鲁王回到室

Yax Lus **qws juf** nengx box nyab hoh angd eib nyuh pluh

亚鲁王的七十个王后一起说

Yax Lus **qws juf** nengx box nyab loudangd eib nyuh hof

亚鲁王的七十个王妃一起讲

……

Yax Lus lul kongs **qws juf** nengx box nyab hoh

亚鲁王派遣七十个王后

Jongx qws juf nbongb buf lwf sad **qws juf** dongb

带七十支兵去开荒七十个土坡

Yax Lus lul kongs **qws juf** nengx box nyab loud

亚鲁王派遣七十个王妃

Jongx **qws juf** nbongb jangk lwf sad qws juf peul

带七十支将去开荒七十个山坡

……

Gwf deib **qws juf** box nyab hoh

你的七十个王后

Gwf deib **qws juf** box nyab loud

你的七十个王妃

……

nil deib buf eib nongh lul **qws juf**

他的兵一天来七十

nil deib jangk eib mos lul **qws juf**

他的将一夜来七十

（3）数词“七百”和“七千”在亚鲁王史诗中，数词“**qws bad**”和“**qws qingh**”经常作为一对对仗的形式出现，又是唱词中会出现“**qws juf wangm**”（七十万）或“ **guf qws wangm**”（十七万）的出现，紫云苗族布依族自治县亚鲁王文化研究中心未出版的史诗唱词同样出现了这些数词：

Saenm Yangk Saenm Nblam sheil **qws qingh** wus ntuod luoh ndias huob lul

赛阳赛霸号令七千砍马腿的务寻踪而来

Saenm Yangk Saenm Nblam sheil **qws bad** wus ntuod qerl ndias lud lul

赛阳赛霸号令七百砍马肢体的务寻迹而来

Saenm Yangk Saenm Nblam sheil **qws qingh** wus laeb ndias huob lul

赛阳赛霸率领七千务莱寻踪而来

Saenm Yangk Saenm Nblam sheil **qws bad** wus pouk ndias lud lul

赛阳赛霸率领七百务吥寻迹而来

……

Yax Lus deib buf heud lwf suob

亚鲁王的兵回去了家乡

Yax Lus deib jangk heud lwf rongl

亚鲁王的将回去了故乡

Yax Lus **qws juf wangm** buf lwf hlengm **qws qingh**

亚鲁王送走了七十万兵只留下了七千兵

Yax Lus **guf qws wangm** jangk lwf hlengm **qws bad**

亚鲁王送走了十七万将只留下了七百将

史诗第一章第六节《Bjwt Rangx Hrem Soab》（心脏龙护卫疆）：

Saem Yangd Saem Nblam seil **qws qinh** wus ntodloh tiah,

赛阳赛霸带领七千务砍腿到

Saem Yangd Saem Nblam seil **qws ba**t wus ntod qiel lul。

赛阳赛霸带领七百务砍肢体来

Saem Yangd Saem Nblam seil **qws qin**h wus laeb lul,

赛阳赛霸带领七千务莱来

Saem Yangd Saem Nblam seil **qws bat** wus pouk dax。

赛阳赛霸带领七百务吓降

第一章第七节《Ngox Hrwm Xiud Buf》(《女护王族》):

Saem Yangd Saem Nblam seil **qws qinh** wus ntod loh tiah,

赛阳赛霸带领七千务砍腿到

Saem Yangd Saem Nblam seil **qws bat** wus ntod qiel lul。

赛阳赛霸带领七百务砍肢体来

Saem Yangd Saem Nblam seil **qws qinh** wus laeb lul,

赛阳赛霸带领七千务莱来

Saem Yangd Saem Nblam seil q**ws bat** wus pouk dax。

赛阳赛霸带领七百务吓降

Qws qinh wus ntod loh ndias gaed loh lul,

七千务砍腿从路大来

Qws bat wus ntod qiel ndias gaed hod lul。

七百务砍肢体从路宽来

Qws qinh wus ntod loh lul sod ndongx dwf nzeinl,

七千务砍腿来遮天黑涯涯

Qws bat wus ntod qiel lul sod nzwl dwf souh。

七百务砍肢体来遮旷野烟浓浓

Qws qinh wus laeb lul sod dongd ndongx dwf nzeinl,

七千务莱来遮断天黑涯涯

Qws bat wus pouk lul sod dongd nzwl dwf souh。

七百务吓来遮断旷野烟浓浓

……

Qws qinh wus ntod loh ndias gaed loh lul louf,

七千务砍腿从路大来喽

Qws bat wus ntod qiel ndias gaed hod lul louf。

七百务砍肢体从路宽来喽

Qws qinh wus ntod loh lul sod ndongx dwf nzeinl,

七千务砍腿来遮天黑涯涯

Qws bat wus ntod qiel lul sod nzwl dwf souh。

七百务砍肢体来遮旷野烟浓浓

Qws qinh wus laeb lul sod dongd ndongx dwf nzeinl,

七千务莱来遮断天黑涯涯

Qws bat wus pouk lul sod dongd nzwl dwf souh。

七百务吓来遮断旷野烟浓浓

第一章第十一节《Bangb Soab Hod Nzwl》(落地方宽旷野):

Yax Lus dah mub dongb lid mub dongb,

亚鲁说这些小孩哩这些小孩

Yax Lus dah mub waf lid mub waf。

亚鲁说这些婴儿哩这些婴儿

Meib nyid rah **qws qinh** wus laeb ndias hob lul,

你们哭声七千务莱跟随后面来

Meib nyid rah **qws bat** wus pouk ndias lud lul。

你们哭声七百务吓跟随后尾来

Rah xam meib lah dongb,

实在可怜你们这些小孩

Rah xam meib lah waf。

实在可怜你们这些婴儿

2. 唱段程式化

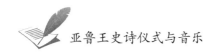

亚鲁王史诗的段落布局，根据故事内容的繁简而长而短，由无数个具有对仗形式特征的唱词行数构成。由于每个段落或交代一个事件，或讲述一个故事，虽然事件或故事的对象不一样，但是在某一个章节中，其唱段具有明显的程化特征，即唱段中只更改所谓不同的“对象”的唱词，其余唱句的唱词基本相同。如第一章《远古英雄争霸》(Ndongx Dwf Ywm Daeb Dwf Xiem Hram Soab Rong)第十一节《日夜迁徙，越过平坦的坝子》(Bangb Soab Hod Nzwl)的第一段：

Yax Lus lwf daeb ndaex
亚鲁去地面前
Yax Lus lwf daeb wod
亚鲁去地面头
Yax Lus jex meinl hah doud
亚鲁骑马骑在马屁股
Yax Lus zod kom hah hlongb
亚鲁穿鞋黑色的铁鞋
Yax Lus deib buf dongb nyidlid lok nid lid lok
亚鲁的群小孩哭咀啰呢哩啰
Yax Lus deib buf waf nyid lid lul nid lid lul
亚鲁的群婴儿哭理噜呢嘿噜
Yax Lus njengs soab angt fub lwf
亚鲁碎地方做干粮去
Yax Lus njengs rongl angt songm lwf
亚鲁碎村庄做饷午饭去
Yax Lus jongx buf lwf hud heih
亚鲁领群去路漫漫

Yax Lus jongx buf lwf heid hul

亚鲁领群去路长长

Yax Lus dah mub dongb lid mub dongb

亚鲁说这些小孩嘿这些小孩

d-Yax Lus dah mub waf lid mub waf

亚鲁说这些婴儿阻这些婴儿

Meib nyid rahah qws qinh wus laeb ndias hob lul

你们哭声七千务莱跟随后面来

Meib nyid rah qws bat wus pouk ndias lud lul

你们哭声七百务吓跟随后尾来

Rah xam meib lah dongb

实在可怜你们这些小孩

Rah xam meib lah waf

实在可怜你们这些婴儿

Yax Lus dah dongb nyid ngimlouf

亚鲁说小孩哭饿喽

Yax Lus dah waf nyid wok louf

亚鲁说婴儿哭奶喽

Baeb yil som rum daeh lek nzem nox nid lwf

我们停下休息煮早饭吃再走

Baeb yil som rum daeh lek xongm nox nid lwf

我们停下休息煮饷午饭吃再走

Baeb nox fub nid lwf

我们吃干粮再走

Baeb nox heil nid lwf

我们吃干货再走

Yax Lus jongx buf lul bangb soab **Had Rongl Buf Daod**

亚鲁带领族人定居在哈格卜稻

Soab yongs soab hod

地方是地方宽大

Rongl yongs rongl loh

村庄是村庄广阔

Angb jek suk wus

水丰富够喝

Noas jek suk nox

饭丰富够吃

Lah nzef sed mub dot

可是躲恨不得

Lah npum congs mub ndof

可是遮掩战争不布密

Yax Lus dah ralh godqongs dongb mub dot

亚鲁说将来我繁茂儿女不得

Yax Lus dahrah god qongs id mubqinh

亚鲁说将来我繁茂成年人不成

Nbel heb zod nbaed soab

进鸡取名地方

Nbel heb zod nbaed rongl

逃鸡取名村庄

Dot nbaed **Had Rongl Buf Daod**

得名哈格卜稻

Yangx nongh yangx lul haf hlam

羊太阳羊来成群

Yangx nongh yangx lul haf hloh

羊太阳羊来成帮

Heb nongh heb lul haf hlam

鸡太阳鸡来成群

Heb nongh heb lul haf hloh
鸡太阳鸡来成帮
Hlaed nongh hlaed lul haf hlam
狗太阳狗来成群
Haed nongh hlaed lul haf hloh
狗太阳狗来成帮
Nbat nongh nbat lul haf hlam
猪太阳猪来成群
Nbat nongh nbat lul haf hloh
猪太阳猪来成帮
Nggox nongh nggox lul haf hlam
牛太阳牛来成群
Nggox nongh nggox lul haf hloh
牛太阳牛来成帮
Meinl nongh meinlul haf hlam
马太阳马米成群
Meinl nongh meinl lul haf hloh
马太阳马来成帮
Laeb nongh laeb lul haf hlam
猴太阳猴来成群
Laeb nongh laeb lul haf hloh
猴太阳猴来成帮
Jod nongh jod lul haf hlam
虎太阳虎来成群
Jod nongh ijodlul haf hloh
虎太阳虎来成帮
Nab nongh nab lul haf hlam
蛇太阳蛇来成群

Nab nongh nalb lul haf hloh
蛇太阳蛇来成帮
Rangx nongh rangx lul haf hlam
龙太阳龙来成群
Rangx nongh rangx lul haf hloh
龙太阳龙来成帮
Lad nongh lad lul haf hlam
兔太阳兔来成群
Lad nongh lad lul haf hloh
兔太阳兔来成帮
Nial nongh nial lul haf hlam
鼠太阳鼠来成群
Nial nongh nial lul haf hloh
鼠太阳鼠来成帮
Nengb nblaex ndias hob lul
种子稻谷跟随后面来
Nengb nblaex ndias lud lul
种子稻谷跟随后尾来
Nengb wongf ndias hob lul
种子小米跟随后边来
Nengb wongf ndias lud lul
种子小米跟随后尾来
Nengb ndias ndias hob lul
种子麻跟随后而来
Nengb ndias ndias lud lul
种子麻跟随后尾来
Nengb waem ndias hob lul
种子棉花跟随后而来

Nengb waem ndias lud lul

种子棉花跟随后尾来

Wah heih ndias hoblul

树青冈跟随后面来

Wah dot ndias lud lul

树青枫跟随后尾来

Wah duf ndias hoblul

树豆冠跟随后而来

Wah duf ndias lud lul

树豆冠跟随后尾来

Wah plih ndias hob lul

树五格子跟随后面来

Wah plih ndias lud lul

树五格子跟随后尾来

Wah yongh ndias hoblul

树桥菜跟随后而来

Wah yongh ndias lud lul

树桥菜跟随后尾来

Wah jinb ndias hob lul

树杉木跟随后面来

Wah jinb ndias lud lul

树杉木跟随后尾来

Wah mah ndias hob lul

树枫木跟随后面来

Wah mah ndias lud lul

树枫木跟随后尾来

Seis sangd ndias nil hob lul

样样物跟随他后面来

Seis sangd ndias nilud lulo
样样物跟随他后尼来
Lul bangb soab **Had Rongl Buf Daod**
来落地方哈格卜稻

这个唱段主要唱诵先祖“亚鲁王”带领族群迁徙来到地名为“Had Rongl Raeb Nongh”的地方。由于这个章节唱诵的是有关迁徙的内容，所以除了所迁徙到的地名（对象）不一样外，唱段中其余唱词都是一样的。如第二段唱诵的内容是亚鲁王带领族群迁徙来到地名为“Had Rongl Raeb Lim”的地方：

Yax Lus lwf daeb ndaex
亚鲁去地面前
Yax Lus lwf daeb wod
亚鲁去地面头
Yax Lus jex meinl hah doud
亚鲁骑马骑在马屁股
Yax Lus zod kom hah hlongb
亚鲁穿鞋黑色的铁鞋
Yax Lus deib buf dongb nyid lid lok nid lid lok
亚鲁的群小孩哭咀啰呢哩啰
Yax Lus deib buf waf nyid lid lul nid lid lul
亚鲁的群婴儿哭理噜呢嘿噜
Yax Lus njengs soab angt fub lwf
亚鲁碎地方做干粮去
Yax Lus njengs rongl angt songm lwf
亚鲁碎村庄做饷午饭去
Yax Lus jongx buf lwf hud heih

亚鲁领群去路漫漫

Yax Lus jongx buf lwf heid hul

亚鲁领群去路长长

Yax Lus dah mub dongb lid mub dongb

亚鲁说这些小孩嘿这些小孩

d−Yax Lus dah mub waf lid mub waf

亚鲁说这些婴儿阻这些婴儿

Meib nyid rah qws qinh wus laeb ndias hob lul

你们哭声七千务莱跟随后面来

Meib nyid rah qws bat wus pouk ndias lud lul

你们哭声七百务吓跟随后尾来

Rah xam meib lah dongb

实在可怜你们这些小孩

Rah xam meib lah waf

实在可怜你们这些婴儿

Yax Lus dah dongb nyid ngimlouf

亚鲁说小孩哭饿喽

Yax Lus dah waf nyid wok louf

亚鲁说婴儿哭奶喽

Baeb yil som rum daeh lek nzem nox nid lwf

我们停下休息煮早饭吃再走

Baeb yil som rum daeh lek xongm nox nid lwf

我们停下休息煮饷午饭吃再走

Baeb nox fub nid lwf

我们吃干粮再走

Baeb nox heil nid lwf

我们吃盘缠再走

Yax Lus jongx buf lul bangb soab **Had Rongl Raeb Lim**.

亚鲁领群来落地方哈格冉利

Soab yongs soab hod

地方是地方宽大

Rongl yongs rongl loh

村庄是村庄广阔

Angb jek suk wus

水丰富够喝

Noas jek suk nox

饭丰富够吃

Lah nzef sed mub dot

可是躲恨不得

Lah npum congs mub ndof

可是遮掩战争不布密

Yax Lus dah ralh godqongs dongb mub dot

亚鲁说将来我繁茂儿女不得

Yax Lus dahrah god qongs id mubqinh

亚鲁说将来我繁茂成年人不成

Nbel heb zod nbaed soab

进鸡取名地方

Nbel heb zod nbaed rongl

逃鸡取名村庄

Dot nbaed **Had Rongl Raeb Lim**

得名哈格冉利

Yangx nongh yangx lul haf hlam

羊太阳羊来成群

Yangx nongh yangx lul haf hloh

羊太阳羊来成帮

Heb nongh heb lul haf hlam

鸡太阳鸡来成群

Heb nongh heb lul haf hloh

鸡太阳鸡来成帮

Hlaed nongh hlaed lul haf hlam

狗太阳狗来成群

Haed nongh hlaed lul haf hloh

狗太阳狗来成帮

Nbat nongh nbat lul haf hlam

猪太阳猪来成群

Nbat nongh nbat lul haf hloh

猪太阳猪来成帮

Nggox nongh nggox lul haf hlam

牛太阳牛来成群

Nggox nongh nggox lul haf hloh

牛太阳牛来成帮

Meinl nongh meinlul haf hlam

马太阳马米成群

Meinl nongh meinl lul haf hloh

马太阳马来成帮

Laeb nongh laeb lul haf hlam

猴太阳猴来成群

L.aeb nongh laeb lul haf hloh

猴太阳猴来成帮

Jod nongh jod lul haf hlam

虎太阳虎来成群

Jod nongh jod lul haf hloh

虎太阳虎来成帮

Nab nongh nab lul haf hlam

蛇太阳蛇来成群

Nab nongh nalb lul haf hloh

蛇太阳蛇来成帮

Rangx nongh rangx lul haf hlam

龙太阳龙来成群

Rangx nongh rangx lul haf hloh

龙太阳龙来成帮

Lad nongh lad lul haf hlam

兔太阳兔来成群

Lad nongh lad lul haf hloh

兔太阳兔来成帮

Nial nongh nial lul haf hlam

鼠太阳鼠来成群

Nial nongh nial lul haf hloh

鼠太阳鼠来成帮

Nengb nblaex ndias hob lul

种子稻谷跟随后面来

Nengb nblaex ndias lud lul

种子届谷跟随后尾来

Nengb wongf ndias hob lul

种子红科跟随后而来

Nengb wongf ndias lud lul

种子红种跟随后尾来

Nengb ndias ndias hob lul

种子麻跟随后而来

Nengb ndias ndias lud lul

种子麻跟随后尾来

Nengb waem ndias hob lul

种子棉花跟随后而来

Nengb waem ndias lud lul

种子棉花跟随后尾来

Wah heih ndias hoblul

树青冈跟随后面来

Wah dot ndias lud lul

树青枫跟随后尾来

Wah duf ndias hoblul

树豆冠跟随后而来

Wah duf ndias lud lul

树豆冠跟随后尾来

Wah plih ndias hob lul

树五格子跟随后面来

Wah plih ndias lud lul

树五格子跟随后尾来

Wah yongh ndias hoblul

树桥菜跟随后而来

Wah yongh ndias lud lul

树桥菜跟随后尾来

Wah jinb ndias hob lul

树杉木跟随后面来

Wah jinb ndias lud lul

树杉木跟随后尾来

Wah mah ndias hob lul

树枫木跟随后面来

Wah mah ndias lud lul

树枫木跟随后尾来

Seis sangd ndias nil hob lul

样样物跟随他后面来

Seis sangd ndias nilud lulo

样样物跟随他后尼来

Lul bangb soab **Had Rongl Raeb Lim**

来落地方哈格冉利

第三段唱词唱诵的内容是先祖亚鲁王带领族群到地名为“Had Rongl Nab Yinb”的地方，第四段唱词唱诵的内容是先祖亚鲁王带领族群到地名为“**Had Rongl Nab Lih**”的地方；以此类推，第五段是“Had Rongl Beid Bongx”、第六段是“Had Rongl Bied Bak”、第七段是“Had Rongl Yab Yut”……亚鲁王史诗中这一章节关于唱诵迁徙的段落共有15段，这些唱词中，除了地名是新出现的唱词外，其余唱词基本相同。

3. 十二生肖作为程式化的唱段

十二生肖在亚鲁王史诗中，也是一个程式化类型的唱词，如上述所唱诵的“迁徙”段落。另外，在紫云苗族布依族自治县亚鲁王文化研究中心的亚鲁王史诗翻译内部版本，十二生肖在唱段唱词中占有较大比例。如第二章《亚鲁祁》(Yangb Luf Qif)的第十二节《发现盐井》(Dod Leb Njand)的第一段和第二段：

（1）

Yangb luf qangf jux bob nyat hos lul pand

亚鲁的七十个王后来烧吃

Yangb luf qangf jux bob nyat lud lul jid

亚鲁的七十个王妃来烤吃

Yangb luf qangf jux nengb bob nyat hos angd eit nyus plus

亚鲁王的七十个王后一起说

Yangb luf qangf jux nengb bob nyat lud angd eit nyus hof

亚鲁王的七十个王妃一起讲

yongf tongf ngeub seid aib heid maf

这只野肉的蒜味很重

yongf tongf ngeub seid hled njand maf

这只野肉的盐味很重

Rangb dix rangb

龙轮回到了龙

yangb luf jeub **hmenl** lex rad nab qil rangb songs ndangd

亚鲁王骑马去建造龙集市嵩当

nat dix nat

蛇轮回到了蛇

yangb luf jeub **hmenl** lex rad nab qil nat det dangd

亚鲁王骑马去建造蛇集市腻珰

hmenl dex hmenl

马轮回到了马

yangb luf jeub **hmenl** lex rad nab qil hmenl bux qings

亚鲁王骑马去建造马集市埠庆

yangb dix yangb

羊轮回到了羊

yangb luf jeub **hmenl** lex rad nab qil yangb bux nzhangt nzhef

亚鲁王骑马去建造羊集市章哲

lait dix lait

猴轮回到了猴

yangb luf jeub **hmenl** lex rad nab qil lait hal qongl

亚鲁王骑马去建造猴集市哈琼

heut dix heut

鸡轮回到了鸡

yangb luf jeub **hmenl** lex rad nab qil heut bux lub jid

亚鲁王骑马去建造鸡集市布鲁几

hland dix hland

狗轮回到了狗

yangb luf jeub **hmenl** lex rad nab qil hland ghuot shof

亚鲁王骑马去建造狗集市果朔

nbad dix nbad

猪轮回到了猪

yangb luf jeub **hmenl** lex rad nab qil nbad ghuot nongs

亚鲁王骑马去建造猪集市果侬

nial dix nial

鼠轮回到了鼠

yangb luf jeub **hmenl** lex rad nab qil nial berd nbongd

亚鲁王骑马去建造鼠集市憋哝

nggub dix nggub

牛轮回到了牛

Lad dix lad

兔轮回到了兔

yangb luf jeub **hmenl** lex rad nab qil nggub shas shongs

亚鲁王骑马去建造牛集市沙讼

shod dix shod

虎轮回到了虎

（2）

Yangb luf ngil bux ngans sangb was

亚鲁王匆匆地下了城门

Yangb luf ngil bux ndangf sangb tol

亚鲁王忙忙地出了下方的城门

Rangb dix rangb

龙轮回到了龙

yangb luf jeub **hmenl** lex rad nab qil rangb songs ndangd

亚鲁王骑马去建造龙集市嵩当

nat dix nat

蛇轮回到了蛇

yangb luf jeub **hmenl** lex rad nab qil nat det dangd

亚鲁王骑马去建造蛇集市腻珰

hmenl dex **hmenl**

马轮回到了马

yangb luf jeub **hmenl** lex rad nab qil **hmenl** bux qings

亚鲁王骑马去建造马集市埠庆

yangb dix yangb

羊轮回到了羊

yangb luf jeub **hmenl** lex rad nab qil yangb bux nzhangt nzhef

亚鲁王骑马去建造羊集市章哲

lait dix lait

猴轮回到了猴

yangb luf jeub **hmenl** lex rad nab qil lait hal qongl

亚鲁王骑马去建造猴集市哈琼

heut dix heut

鸡轮回到了鸡

yangb luf jeub **hmenl** lex rad nab qil heut bux lub jid

亚鲁王骑马去建造鸡集市布鲁几

hland dix hland

狗轮回到了狗

yangb luf jeub **hmenl** lex rad nab qil hland ghuot shof

亚鲁王骑马去建造狗集市果朔

nbad dix nbad

猪轮回到了猪

yangb luf jeub **hmenl** lex rad nab qil nbad ghuot nongs

亚鲁王骑马去建造猪集市果侬

nial dix nial

鼠轮回到了鼠

yangb luf jeub **hmenl** lex rad nab qil nial berd nbongd

亚鲁王骑马去建造鼠集市憋哝

nggub dix nggub

牛轮回到了牛

Lad dix lad

兔轮回到了兔

yangb luf jeub **hmenl** lex rad nab qil nggub shas shongs

亚鲁王骑马去建造牛集市沙讼

shod dix shod

虎轮回到了虎

当然，十二生肖不止在以上唱词内容中出现，在整部亚鲁王史诗的唱词内容中，出现的频率较高。作为亚鲁王史诗中的一个高频词，十二生肖无疑也是一个代表性程式化类型。

4. 程式化的“核腔”演唱

通过对亚鲁王史诗的唱诵调类及其特征和“腔词关系”的分析，我们认为其歌调以哭唱调和吟唱调为主，并且它们的旋律比较简单，通常是由二至三个音组合而成，如哭唱调以具有羽调式色彩的三音列为主；而吟唱调则以具有徵调式色彩的二音列或三音列为主。这种在“一定社区民歌音乐结构中由三个左右音构成的具有典型性的核心歌腔”[1]就是这

[1] 蒲亨强：《寻千年楚音遗韵》，巴蜀出版社，2005，第 189 页。

个社区或民族的民歌"核腔"。在苗族民歌中,"核腔""一旦形成便往往世代传承,形态很少变化……它所独具的音响特征及其所蕴含的情调是当地人群最熟悉的,同时更因为它与方言语音有密切的对应生成关系,……所以核腔就成为一种具有普遍语义性的音调模式,历经沧桑而不变或少变。从历时性角度分析,核腔还具有古老性,在一地民歌音乐的共时体系中,它标志着最古老的底层结构"[1]。

另外,在亚鲁王史诗的腔词关系中,我们通过分析也得出了"相顺原则"和"相背原则"的产生原因和解决的方法。

通过田野调查,结合相关音视频及其谱例,我们认为哭唱调的核腔是以具有羽调式色彩的三音列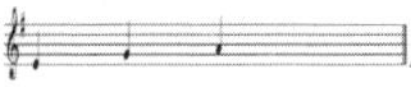腔句,吟唱调的核腔是以具有羽调式色彩的三音列腔句。如哭唱调《Lel gait》和吟唱调《Ndot nox xed faf ded》谱例所示。

四、亚鲁王史诗程式化的习得

"歌手学艺过程的三个阶段。第一个阶段,别人演唱时他端坐一旁;第二个阶段,从歌手开口演唱开始,不管此时是否有乐器的伴唱。这个开始阶段伴随着形式上的主要成分:格律和曲调的建立……这就是歌手表达思想的框架。这个阶段,即学歌阶段,年轻的歌手必须学会足够的程式以演唱史诗;演唱篇目的增加和演技的提高,出现在学歌的第三个阶段和最后阶段"[2]。

根据田野调查显示,新东郎一般都要经过三到五年的时间跟随师父学习,包括亚鲁王史诗的演唱仪式和演唱内容等,才能逐渐

[1] 蒲亨强:《寻千年楚音遗韵》,巴蜀出版社,2005,第190页。

[2] 阿尔伯特·贝茨·洛德:《故事的歌手》,尹虎彬译,中华书局,2004,第28页-33页。

独立地主持葬礼仪式并在仪式中完成演唱亚鲁王史诗的任务。也就是说，新东郎要经过三至五年的时间学习各种演唱技艺，才能积累一定的“限定”成分（程式化特征），并根据现场情景进行即兴创编，从而成为一个成熟的东郎（歌手）。当然，并不是所有有志学习传唱亚鲁王史诗的东郎都能如愿以偿地成为公认的、被接受的东郎，这不仅与其“天赋”有关，更为重要的是能在传统的亚鲁王史诗演唱中做到融会贯通，游刃有余。一个成熟的东郎的标志是，当他手开始演唱时，“故事的叙事方式像早已准备好了似的出现在眼前。于是，程式便为他诞生，他由此而获得了程式化的表达习惯”[1]，并“能够熟练地驾驭程式化的技巧去演唱，有足够的主题素材成竹在胸，使他能按照自己的意志扩充、缩小或重新创作他的歌”。[2]

紫云苗族布依族自治县亚鲁王文化研究中心的工作人员，都是来自具有演唱亚鲁王史诗深厚传统的麻山地区，都是苗族，甚至有些就是东郎的后代，如杨小东。杨小东是宗地镇大地坝村人，原来是该村的村主任，从小在亚鲁王史诗文化的家庭成长，因此对亚鲁王史诗较为熟悉，也很钟爱亚鲁王史诗音乐文化。2013年，被亚鲁王文化研究中心招聘为专门从事亚鲁王史诗搜集整理翻译的工作人员。由于他从小被亚鲁王史诗文化熏陶，加上后来专职从事亚鲁王史诗搜集整理翻译工作，目前虽然只有30岁，但是他已经可以在葬礼仪式中演唱部分亚鲁王史诗内容了。他的演唱不仅得到亚鲁王文化研究中心的肯定，也获得了民众的认可。

当问及他是如何掌握并能在葬礼仪式中演唱亚鲁王史诗时，他的回答说：“因为我从小就经常跟随爸爸去参加他主持的葬礼仪式，并听他的演唱，虽然没有刻意去一字一句的去背诵，但是脑海

[1] 阿尔特·贝茨·洛德：《故事的歌手》，尹虎彬译，中华书局，2004，第45页。

[2] 同上。

里自然就沉淀了父亲演唱的内容”。这个回答简短干脆，并且切中核心要素，即“他大量听歌并沉浸其中，他懂得了这些‘限定’”[1]，而且作为亚鲁王史诗的口头演唱后代，“是以程式的方式从事学习、创作和传播史诗的……歌手就像摆弄纸牌一样来组合和装配那些承袭自传统的‘部件’。这也就同时证明了，歌手不是靠着逐字逐句背诵，而是靠着掌握了口传诗歌的创作法则来演唱的”[2]。所以，他能得到肯定和认可，就不足为奇了。

---

[1] 阿尔特·贝茨·洛德：《故事的歌手》，尹虎彬译，中华书局，2004，第45页。

[2] 朝戈金：《口传史诗诗学：冉皮勒〈江格尔〉程式化句法研究》，广西人民出版社，2000，第1页。

第六章

亚鲁王史诗音乐文化释义与传承探究

苗族的悠久历史和灿烂文化，大多依靠民间神话、传说、故事、歌谣等口传文本世代传承。亚鲁王史诗是苗族民间文学的重要组成部分，是苗族口传经典的集大成者之一。它唱述的内容涉及人类起源、迁徙路线、战争事件和生产生活等诸多方面，蕴含着多重的苗族传统文化内涵。其中，人类起源、祖先崇拜、战争迁徙等是亚鲁王史诗的重要主题。本章节主要就亚鲁王史诗的文化主题作学理阐释，并对亚鲁王史诗音乐文化的当代传承稍作介绍。

一、亚鲁王史诗的文化主题

创世

亚鲁王史诗有关创世的内容，主要是唱述苗人对于宇宙的认知，即还没有出现天和地之前，“人”就已经生活在宇宙空间的另一个平面之上。他们认为宇宙是由若干平面组成，祖奶奶就生活在最高的平面上。先祖们历尽了若干代人的创业、发展，造了十二生肖、十二个太阳、十二个月亮环绕运行在祖奶奶所生活的平面，并缔造了万物。后来，这个平面气候发生了变化，耕田不够吃，水

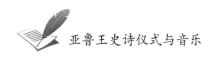

源不够喝。祖奶奶又派遣若干后代人到生存平面下方的宇宙空间去寻找生存该发展之地。历经了几代人的探索，终于发现了下方的某一空间宽阔浩瀚，于是，决定在这里造一块地和一片天。为了造这个天和地，历经若干代先祖的反复思考与实践，最后才造成了天与地。天地造好之后，模仿祖奶奶居住地方的太阳和十一个月亮，又在天地间造了十二个太阳和一个月亮，由于这个新造的天与地很矮，十二个太阳和十二个月亮的光和热太强，又射掉了十一个太阳和月亮，只留下了一个太阳和月亮。这时候的天地才适宜人类居住。祖奶奶后来规定，生存在这个新的空间里的人不能像上一层空间那样永恒，这个空间必须有生有死，有生长有结束，食物才够吃，水才够喝。但在这空间里生存的新生人类，历经九次人类大毁灭，直至最后一次洪水滔天，世人灭绝。最后是先祖波妮虹翁用三颗银簪把地球戳穿成溶洞，让洪水消退。乌利先王再造了人类，并历经数代先祖的智慧，最后才成功繁衍了后代。从陈兴华整理的《〈亚鲁王〉(五言体)》第五章《亚鲁先祖》可窥见“创世”的大体内容：

<table>
<tr><th colspan="5">章 节</th><th>唱述的内容</th></tr>
<tr><td rowspan="3">第五章</td><td rowspan="3">第一节</td><td rowspan="3">亚鲁祖源
先王伟绩</td><td>第一段</td><td>天地未分
万物有型</td><td rowspan="3">先唱诵远古时天地合一，再唱天地分开，再唱述先祖布当建造集市，天灾大难的情形以及先祖董冬隆再造天造地及万物的内容。</td></tr>
<tr><td>第二段</td><td>天地已分
造日月星</td></tr>
<tr><td>第三段</td><td>建十二集市</td></tr>
<tr><td rowspan="3">第五章</td><td rowspan="3">第一节</td><td rowspan="3">亚鲁祖源
先王伟绩</td><td>第四段</td><td>天灾铸大难</td><td rowspan="3"></td></tr>
<tr><td>第五段</td><td>董动笼造天</td></tr>
<tr><td>第四段</td><td>董动笼造人</td></tr>
</table>

<table>
<tr><th colspan="5">章 节</th><th>唱述的内容</th></tr>
<tr><td rowspan="8">第五章</td><td rowspan="3">第二节</td><td rowspan="3">人雷争战
智勇取胜</td><td>第一段</td><td>人雷争斗
洪水朝天</td><td rowspan="3">唱述了人与宇宙的“雷公”发生争斗而爆发洪水朝天的大灾难，两兄妹合磨成婚及取火种和造粮种等内容。</td></tr>
<tr><td>第二段</td><td>兄妹两成婚</td></tr>
<tr><td>第三段</td><td>取火种
要粮种</td></tr>
<tr><td rowspan="5">第三节</td><td rowspan="5">创建下方新天地</td><td>第一段</td><td>观察疆域</td><td rowspan="5">本部分主要唱诵的内容是洪水退去后，兄妹成婚，并按照祖先故地的原来的模样，建造了一个新的世界，即现在人们居住的空间。</td></tr>
<tr><td>第二段</td><td>乌利造人</td></tr>
<tr><td>第三段</td><td>兄弟反目
夺弟之妻</td></tr>
<tr><td>第四段</td><td>耶冬族谱</td></tr>
<tr><td>第五段</td><td>翰习务族谱</td></tr>
</table>

祖先崇拜

祖先崇拜在亚鲁王史诗里，主要体现在《造唢呐造铜鼓》《亚鲁祁》与《郎倢排》等段落。众所周知，我国南方少数民族大多有铜鼓，也有关于本族铜鼓的神话传说。麻山苗族称铜鼓为“znak rangt”，汉语直译为“龙鼓”。关于麻山苗族铜鼓，在亚鲁王史诗的《造唢呐造铜鼓》段落，有详细描述，叙说了铜鼓的来历、铜鼓的种类及击奏铜鼓的缘由。

史诗中有如下内容：苗族先民善多拉木（Sant Duod Lak Muf）分别在24个山头各制造一面铜鼓，其中12面为灰色，12面为黄色。然而，这些鼓被拿回家后却不能发出音响，他对此百思不得其解。一天，善多拉木让妻子在家，自己去赶集。他的妻子宝纳仙纳（Baod Nal Xianf Lal）传说是龙王的女儿。丈夫去赶集后，宝纳仙纳独自在家感到寂寞，便坐在大门口绣花鞋。不小心针锥破她的手，血流不止，她把自己的鲜血滴在铜鼓面上，没想到铜鼓竟自己响了。晚上善多拉木回到家听到铜鼓的声响，向妻子询问缘由，妻子如实告诉丈夫。于是善多拉木对妻子说：“我要杀你祭铜鼓。”妻子同意了丈夫的要求。但由于宝纳仙纳是龙王的女儿，杀妻子要得到龙王的批准。于是善多拉木去问龙王，并把杀宝纳仙纳的原因告诉龙王。龙王回答道：

现已成你家猪，
现已成你家狗。
关在你家厩里，
关在你家厩中。
你要杀就杀，
你要宰就宰。
不用给我讲，
不用给我说。[1]

善多拉木得到岳父的同意，回到家后准备杀妻子，妻子有话说：

你要杀就杀，
你要宰就宰。
我有话对你说，
我有话对你讲。
今后逢年过节，
遇到红白喜事。
你要杀白鸡祭灰鼓[2]，
你要杀黄鸡祭黄鼓。
我要讨你们大鸡吃，

[1] 陈兴贤搜集、整理、翻译，收录于《紫云苗族布衣族自治县民族古籍资料》（内部资料），第 62 页。

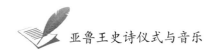

[2] 麻山次方言西部土语区，至今每到过年人们都要用大绳子把铜鼓从梁上吊到堂屋中央，并杀鸡祭祀铜鼓。

我要讨你们大鸡吞。

从古歌《Suol Zangt Suol Znal》知道，在丧礼活动中，打击铜鼓是善多拉木为了兑现妻子宝纳仙纳的“遗言”。由于他们同为苗族的祖先，而祖先的话是不能违抗的。于是，个人的言语行为，也就顺理成章地成为一条法则，还变成了一个民族所要遵循的传统习俗，并一直延续至今。这一传统习俗，当然也是这个民族祖先崇拜的显现：在丧礼活动中，通过打击铜鼓达到祭奠祖先的目的。

千百年来，麻山苗族丧礼活动中，东郎一直唱诵的《亚鲁祁》和《郎倢排》等内容，都是叙述先祖亚鲁王的篇章。其中，《亚鲁祁》叙述苗族英雄亚鲁王投胎母体、孕育出生、成长经历及其戎马征战的一生。

《郎倢排》（Langt Njaid Pail）意为：返回祖先故地的路。此段主要叙述麻山苗族亡灵回归祖宗之地的过程。众所周知，苗族是一个不断迁徙的民族，时至今日，麻山苗族虽然已安居乐业于麻山地区，但是他们始终怀念着祖先故国。他们认为，人的死亡并非灵魂的死亡：今生今世在此（麻山地区）过一生，来生来世却在祖先亚鲁王故国永远的生活。所以在丧礼活动中，东郎唱诵的这首古歌《郎倢排》，意为祖宗曾经走过的路，做过的事，将其一句句的向亡灵倾述，交代亡灵回归故国的路途。同时，提醒麻山苗族后人牢记祖先的艰辛迁徙之旅。由此可知，《亚鲁祁》和《郎倢排》唱诵内容均为追忆祖先亚鲁王，这当然也是麻山苗族崇拜祖先的体现。

另外，2013 年 12 月举行的“先祖亚鲁王祭祀”活动，从活动方案、活动过程、活动的参与度等也看出，这也是麻山西部苗族崇拜祖先亚鲁王的虔诚呈现。

战争

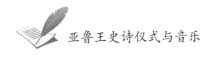

众所周知，苗族史是一个远距离、大幅度、长时期的迁徙史。迁徙的原因，主要是战争所致；迁徙方向，主要是从东到西，其次是从北到南。但是，有关苗族的战争及其迁徙，很多史书都是轻描淡写。中华书局出版的亚鲁王史诗及其紫云苗族布依族自治县亚鲁王文化研究中心搜集整理的相关史诗材料，对苗族的战争有较为详细的唱述。

1. 龙心之战

见于紫云苗族布依族自治县亚鲁王文化研究中心搜集整理的亚鲁王史诗关于战争的篇章的《战争爆发于龙心》(Chongf Sheud Bled Rangx)：

……

Ob yongs dongb qerl dix
我们是长兄
Ob mub dot bled rangx
我们没得龙心脏
Ob yongs dongb derl and
我们是长子
Ob mub dot bled lad
我们不得兔心脏
Yax Lus yongs dongb qerl gud
亚鲁王是小弟
Yax Lus yongs dongb qerl lih
亚鲁王是幺弟
Yax Lus dot bled rangx had dus lul
亚鲁王怎么会得龙心脏
Yax Lus dot bled lad had dus dax

亚鲁王怎么会得兔心脏

Yax Lus dot bled rangx Yax Lus dot qws juf ndangx laex

亚鲁王得龙心脏就得了肥田七十广阔坝

Yax Lus dot bled lad Yax Lus dot qws juf hongm langd

亚鲁王得兔心脏就得了肥地七十大坡

Yax Lus dot bled rangx Yax Lus dot qws juf suob

亚鲁王得龙心脏就得了七十个城堡

Yax Lus dot bled lad Yax Lus dot qws juf rongl

亚鲁王得兔心脏就得了七十个城池

Baenb yil ndangd sheuf zad nil

我们要去攻打他

Baenb yil ndoud congs zad nil

我们要去侵占他

……

Saenm Yangd Saenm Nblam sheil qws qingh wus ntuod luoh tias

赛阳赛霸号令七千砍马腿的务冲阵在前

Saenm Yangd Saenm Nblam sheil qws bad wus ntuod qerl lul

赛阳赛霸号令七百砍马肢体的务冲锋在前

Saenm Yangd Saenm Nblam sheil qws qingh wus laeb lul

赛阳赛霸率领七千务莱[1]押阵在后

Saenm Yangd Saenm Nblam sheil qws bad wus pouk dax

赛阳赛霸率领七百务吥[2]抵阵在后

Lul wangb Yax Lus suob

向亚鲁王的领域开去

Lul ded Yax Lus rongl

向亚鲁王的疆域攻去

[1] “务莱”是苗语“wus laeb”音译，待考。

[2] “务吥”是苗语“wus pouk”音译，待考。

……

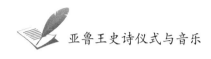

Lul daid Yax Lus suob buf lerd

已经攻进了亚鲁王的领域

Lul daid Yax Lus rongl buf nzhongl

已经攻进了亚鲁的疆域

Yax Lus pus nax lul daid sangx

亚鲁王去做生意回到宫

Yax Lus pus qih lul daid berd

亚鲁王去赶集市回到室

Yax Lus dah hah

亚鲁王说了

Qws qingh wus ntuod luoh lul louf

七千砍马腿的务来喽

Qws bad wus ntuod qerl lul louf

七百砍马肢体的务来啦

Qws qingh wus laeb lul louf

七千务莱来喽

Qws bad wus pouk lul louf

七百务吥来啦

Yax Lus ngil buf ndangf lwf sangx wah tom

亚鲁王匆匆地下到下面城门

Yax Lus njaend buf ngans lwf sangx wah peul

亚鲁王忙忙地来到上面城门

Yax Lus buf ndangf lul sheil buf

亚鲁王匆匆来召兵

Yax Lus buf ngans lul sheil dangb

亚鲁王忙忙来点将

Yax Lus lwf pws baenb blas nzhal rangx lwf qws nongh tias

亚鲁王向太阳升起的方向擂三阵铜鼓

Ndangd ndongx ndangd daenb ndangd dwf hlas

战鼓震天震地隆隆响

Yax Lus lul plod baenb rah ghongb dwf hlwb lwf qws nongh mos

亚鲁王向太阳归去的方向吹响三阵白牛角

Ndangd ndongx ndangd nzhel ndangd dwf wom

号角荡天荡野乌乌鸣

Yax Lus dwf buf lul dwf hlob

亚鲁王的兵起四野奔涌而来

Yax Lus dwf jangk lul dwf hlas

亚鲁王的将从四方飞腾而至

Yax Lus jex mengl eib blangd reil hlos sangx wah tom

亚鲁王骑上马背长啸一跃飞过下方城门

Yax Lus jex mengl eib blangd reil hlos sangx wah peul

亚鲁王骑上马背长啸一跃飞过上方城门[1]

……

Saenm Yangk Saenm Nblam dah hal nongh nad baenb beid ded sheud

赛阳赛霸说了今天我们是要战斗

Saenm Yangk Saenm Nblam dah hal nongh nad baenb beid ded congs

赛阳赛霸说了今天我们是要战争

Saenm yangk baenb ntuoh dax

赛阳出靴三剑飞

Yax Lus baenb mud dangd

亚鲁王舞动梭镖三竿挡

[1] “上方城门”是指“下方城门”，仅作“下方城门”的配句。

Yax Lus dah hal deib nil deib

亚鲁王说了哥哥哩哥哥

Baenb yil jind dongb lul nox nbjuf

我们要留儿女们来吃糯米

Saenm Nblam baenb mud dax

赛霸挥动梭镖三竿杀

Yax Lus baenb ntuoh tongl

亚鲁王出靴三剑架

Yax Lus dah hal deib nil deib

亚鲁王说了哥哥哩哥哥

Baenb yil jind jid lul nox sak

我们要留族群来吃鱼虾

Saenm Yangk Saenm Nblam plas ghongb nggux taeh lwf Yax Lus sangx

赛阳赛霸吹响牛角号去亚鲁王疆域

Saenm Yangk Saenm Nblam pws nzhal ded lwf Yax Lus berd

赛阳赛霸擂起战鼓向亚鲁王国进攻

Saenm Yangk Saenm Nblam buf ded dax Yax Lus buf

赛阳赛霸的兵冲进了亚鲁王的兵

Saenm yangkl Saenm Nblam jangk ded dax Yax Lus jangk

赛阳赛霸的将杀进了亚鲁王的群

Qws qingh wus ntuod luoh lul nduod Yax Lus buf

七千砍马腿的务来砍亚鲁王兵的马腿

Qws bad wus ntuod qerl lul nduod Yax Lus jangk

七百砍马肢体的务来砍亚鲁王将的马肢

Qws qingh wus laeb lul dat Yax Lus buf

七千务莱来杀亚鲁王的兵

Qws bad wus pouk lul dat Yax Lus jangk

七百务吓来杀亚鲁王的将

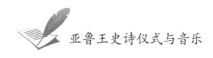

Yax Lus sheil qws bad maf qws bad

亚鲁号令七百人上阵即刻消失七百人

Yax Lus sheil qws juf lwf qws juf

亚鲁号令七十人上阵立刻消失七十人

Yax Lus lwf rod sangx wah tom jid bif bongd

亚鲁去守住下面城门藏在瞭望台上张弓射箭

Yax Lus lwf rod sangx wah peul jid bif bongd

亚鲁去守住上面城门藏在瞭望台上张弓射箭

eib nengs lwf eib nengs

一箭射过去了

Ob nengs lwf ob nengs

两箭射过去了

Baenb nengs lwf baenb nengs

三箭射过去了

Bib nengs lwf bib nengs

五箭射过去了

Guf bib nengs lwf guf bib nengs

十五箭射过去了

Baenb juf bib nengs lwf baenb juf bib nengs

三十五箭射过去了

2. 盐井之战

以下是“盐井之战”（Chongf Shed Leb Njand）节选：

Mat heif mat songf lul zad qil

玛搬运玛的米到集市卖

Wuf heif wuf njand lul zad qil

务搬运务的盐到集市卖

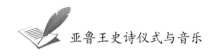

Yangb Luf heil Yangb Luf songf lul zad qil

亚鲁王搬运亚鲁王的米到集市卖

Yangb Luf heil Yangb Luf njand lul zad qil

亚鲁王搬运亚鲁王的盐到集市卖

Wuf muf gangt sangf peul

务在街道上方卖

Yangb Luf muf gangb sangf tof

亚鲁王在街道下方卖

虽然“务”和“玛”是在亚鲁王的疆域从事商业活动，但是亚鲁王却没有驱逐他们走出自己的地盘。反而由于他们的商业盈利远远落后于亚鲁王，务和玛并由此挑起了战争：

Wuf ndal mat muf has juf

务和卖几十斤

Yangb Luf muf has bad

亚鲁王卖几百斤

……

Qangf nengb wuf nab das hal bant yil lex pif Yangb Luf sangb

七个务生意人说了我们要去勘察亚鲁宫

Qangf nengb wuf peul das hal bant yil lex reif Yangb Luf berd

七个上方的务说了我们要去侦察亚鲁室

Qangf nengb wuf nab lul daid Yangb Luf ndongf rab

七个务生意人来到亚鲁王边疆

Qangf nengb wuf peul tongf daid Yangb Luf ndongf rongl

七个上方的务进入了亚鲁王国

Yangb Luf bux wod jand shod nzhel dex njis

亚鲁王熬盐的兵密麻麻地遍布了旷野

Yangb Luf jangk wod heib nzhanf nzhel bux hul

亚鲁王熬蒜的将发动声响动荡着旷野

……

Shanf yangd Shanf Blaf sheil qangf qings wuf ntuod luos tias

赛阳赛霸号令七千砍马腿的务冲阵在前

Shanf yangd Shanf Blaf sheil qangf bad wuf ntuod qerl lu

赛阳赛霸号令七百砍马肢的务冲锋在前

Shanf yangd Shanf Blaf sheil qangf qings wuf lait lul

赛阳赛霸率领七千务莱押阵在后

Shanf yangd Shanf Blaf sheil qangf bad wuf pouk dab

赛阳赛霸率领七百务吥抵阵在后

Lul wangb Yangb Luf suot

向亚鲁王的领域开去

Lul ded Yangb Luf rongl

向亚鲁王的疆域攻去

……

Yangb Luf bux ngans ndaf nzhal rangb pef

亚鲁王擂响铜鼓

Yangb Luf bux ndangf yik ghongt dex hlet blas

亚鲁王吹响牛角

Bux nof bux lul sheib

兵听见了兵四起

Jangk nof jangk lul shuk

将听见了将涌来

……

Yangb Luf lul sheil qangf bad bux lex ded Shanf Yangk bux

亚鲁王号令七百兵去杀赛阳兵

Yangb Luf lul sheil qangf jux jangk lex dangd Shanf Blaf jangk

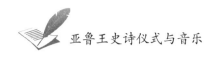

亚鲁王号令七十将去挡赛霸将

Yangb Luf bux ndangf ndaf bangt tuos zad jik hux

亚鲁王快速挎上弓弩

Yangb Luf bux ngans ndaf zhot ntuos bant hlos ghod zad perf sheul

亚鲁王捞起宝剑三丈长

……

Yangb Luf das hal leb heis yongf gongd leb heis

亚鲁王说了蒜井是我的蒜井

Yangb Luf das hal leb njand yongf gongd leb heis

亚鲁王说了盐井是我的盐井

Suot nad yongf gongd suot

疆域是我的疆域

Rongl nad yongf gongd rongl

王国是我的王国

Shanf Yangk qengl langt

赛阳说不出了话

Shanf Blaf qengl hangd

赛霸没有了言语

Shanf Yangk Shanf Blaf blas ghongt nggus nzhanf dex nzhaid

赛阳赛霸吹响牛角呜呜呜

Yangb Luf pef nzhal rangb nzhanf dex hlot

亚鲁王擂起铜鼓咚咚隆隆响

Shanf Yangk Shanf Blaf bux nengf songs yod bongd ndongb

赛阳赛霸兵箭飞满了天

Yangb Luf jangk nengf songs yod dix nzhel

亚鲁王将箭飞漫了旷野

Ntuob det nbix nzhanf daid ndongb

宝剑拼杀声响震到了天

Ras det dad ndangd daid dant

相互厮杀的喊声在大地上爆发

Yangb Luf hmenl rangb eaf blaf shed sheib ndongb

亚鲁王的飞龙马长啸腾空跃到了天

Yangb Luf eit nengf chof Shanf Yangk deit qol nongs

亚鲁王一箭射中了赛阳的肚脐眼

Shanf Yangk hlol hmenl bangt dex wens

赛阳翻马落地滚去

Yangb Luf hmenl lad eaf blaf shed sheib peul

亚鲁王的玉兔马长啸腾空越过了山

Yangb Luf eit nengf chof Shanf Blaf deit nges qerf

亚鲁王一箭射中了赛霸的睾丸

Shanf Blaf hlol hmenl blob dex eaf

赛霸翻马滚去叫声凄切切

Hmengs tiaf jinb tos

尸体遍布了旷野

Nyob led jinb ghangt

血流成了河

Shanf Yangk sheil bux heud tof huot

赛阳收兵转回

Shanf Blaf sheil jangk heud tof lud

赛霸收将退去

Yangb Luf pef nzhal rangb sheil bux tof huot

亚鲁王擂响铜鼓收兵退

Yangb Luf blas ghongt dex sheil jangk tof lud

亚鲁王吹响牛角收将回

3. 迁徙史

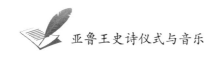

先祖亚鲁王每次迁徙，都是举族行动。史诗唱述先祖亚鲁王带领本族群迁徙到的地方有卜稻[1]、冉利[2]、呐英[3]、呐丽[4]、呗珀[5]、呗坝[6]、丫语[7]、牂沃[8]、卜稻[9]和梭洛[10]等等几十个地点。那震撼寰宇的大迁徙，亚鲁王史诗之《亚鲁祁》如实作了记录。请看亚鲁王带领族群迁徙往“卜稻”的情形：

Yax Lus lwf daeb ndaex
亚鲁去地面前
Yax Lus lwf daeb wod
亚鲁去地面头
Yax Lus jex meinl hah doud
亚鲁骑马骑在马屁股
Yax Lus zod kom hah hlongb
亚鲁穿黑色的铁鞋
Yax Lus deib buf dongb nyidlid lok nid lid lok,
亚鲁的一群小孩哭咀啰呢哩啰
Yax Lus deib buf waf nyid lid lul nid lid lul
亚鲁的一群婴儿哭理噜呢嘿噜

---

[1] “卜稻”为苗语“rant nongs”音译，地名，待考。
[2] “冉利”为苗语“rant lif”音译，地名，待考。
[3] “呐英”为苗语“nat yint”音译，地名，待考。
[4] “呐利”为苗语“nat lis”音译，地名，待考。
[5] “呗珀”为苗语“berd bongb”音译，地名，待考。
[6] “呗坝”为苗语“berd bak”音译，地名，待考。
[7] “丫语”为苗语“yab yut”音译，地名，待考。
[8] “牂沃”为苗语“nzangl wod”音译，地名，待考。
[9] “卜稻”为苗语“bux daod”音译，地名，待考。
[10] “梭洛”为苗语“suot loud”音译，地名，待考。

Yax Lus njengs soab angt fub lwf

亚鲁碎地方做干粮去

Yax Lus njengs rongl angt songm lwf

亚鲁碎村庄做饷午饭去

Yax Lus jongx buf lwf hud heih

亚鲁领群众去路漫漫

Yax Lus jongx buf lwf heid hul

亚鲁领群众去路长长

Yax Lus dah mub dongb lid mub dongb

亚鲁说这些小孩嘿这些小孩

d−Yax Lus dah mub waf lid mub waf

亚鲁说这些婴儿阻这些婴儿

Meib nyid rah qws qinh wus laeb ndias hob lul

你们哭声七千务莱跟随后面来

Meib nyid rah qws bat wus pouk ndias lud lul

你们哭声七百务吓跟随后尾来

Rah xam meib lah dongb

实在可怜你们这些小孩

Rah xam meib lah waf

实在可怜你们这些婴儿

pn−Yax Lus dah dongb nyid ngimlouf

亚鲁说小孩哭饿喽

Yax Lus dah waf nyid wok louf

亚鲁说婴儿哭奶喽

Baeb yil som rum daeh lek nzem nox nid lwf

我们停下休息煮早饭吃再走

Baeb yil som rum daeh lek xongm nox nid lwf

我们停下休息煮饷午饭吃再走

Baeb nox fub nid lwf

我们吃干粮再走

Baeb nox heil nid lwf

我们吃盘缠再走

Yax Lus jongx buf lul bangb soab **Had Rongl Buf Daod**

亚鲁领群众来的地方哈格卜稻

Soab yongs soab hod

地方是地方宽大

Rongl yongs rongl loh

村庄是村庄广阔

Angb jek suk wus

水丰富够喝

Noas jek suk nox

饭丰富够吃

Lah nzef sed mub dot

可是躲恨不得

Lah npum congs mub ndof

可是遮掩战争不布密

Yax Lus dah ralh godqongs dongb mub dot

亚鲁说将来我繁茂儿女不得

Yax Lus dahrah god qongs id mubqinh

亚鲁说将来我繁茂成年人不成

Nbel heb zod nbaed soab

进鸡取名地方

Nbel heb zod nbaed rongl

逃鸡取名村庄

Dot nbaed **Had Rongl Buf Daod**

得名哈格卜稻

Yangx nongh yangx lul haf hlam

羊太阳羊来成群

Yangx nongh yangx lul haf hloh

羊太阳羊来成帮

Heb nongh heb lul haf hlam

鸡太阳鸡来成群

Heb nongh heb lul haf hloh

鸡太阳鸡来成帮

Hlaed nongh hlaed lul haf hlam

狗太阳狗来成群

Haed nongh hlaed lul haf hloh

狗太阳狗来成帮

Nbat nongh nbat lul haf hlam

猪太阳猪来成群

Nbat nongh nbat lul haf hloh

猪太阳猪来成帮

Nggox nongh nggox lul haf hlam

牛太阳牛来成群

Nggox nongh nggox lul haf hloh

牛太阳牛来成帮

Meinl nongh meinlul haf hlam

马太阳马米成群

Meinl nongh meinl lul haf hloh

马太阳马来成帮

Laeb nongh laeb lul haf hlam

猴太阳猴来成群

Laeb nongh laeb lul haf hloh

猴太阳猴来成帮

Jod nongh jod lul haf hlam
虎太阳虎来成群
Jod nongh ijodlul haf hloh
虎太阳虎来成帮
Nab nongh nab lul haf hlam
蛇太阳蛇来成群
Nab nongh nalb lul haf hloh
蛇太阳蛇来成帮
Rangx nongh rangx lul haf hlam
龙太阳龙来成群
Rangx nongh rangx lul haf hloh
龙太阳龙来成帮
Lad nongh lad lul haf hlam
兔太阳兔来成群
Lad nongh lad lul haf hloh
兔太阳兔来成帮
Nial nongh nial lul haf hlam
鼠太阳鼠来成群
Nial nongh nial lul haf hloh
鼠太阳鼠来成帮
Nengb nblaex ndias hob lul
种子稻谷跟随后面来
Nengb nblaex ndias lud lul
种子稻谷跟随后尾来
Nengb wongf ndias hob lul
种子红种跟随后而来
Nengb wongf ndias lud lul
种子红种跟随后尾来

Nengb ndias ndias hob lul

种子麻跟随后而来

Nengb ndias ndias lud lul

种子麻跟随后尾来

Nengb waem ndias hob lul

种子棉花跟随后而来

Nengb waem ndias lud lul

种子棉花跟随后尾来

Wah heih ndias hoblul

树青冈跟随后面来

Wah dot ndias lud lul

树青枫跟随后尾来

Wah duf ndias hoblul

树豆冠跟随后而来

Wah duf ndias lud lul

树豆冠跟随后尾来

Wah plih ndias hob lul

树五格子跟随后面来

Wah plih ndias lud lul

树五格子跟随后尾来

Wah yongh ndias hoblul

树桥菜跟随后而来

Wah yongh ndias lud lul

树桥菜跟随后尾来

Wah jinb ndias hob lul

树杉木跟随后面来

Wah jinb ndias lud lul

树杉木跟随后尾来

Wah mah ndias hob lul
树枫木跟随后面来
Wah mah ndias lud lul
树枫木跟随后尾来
Seis sangd ndias nil hob lul
样样物跟随他后面来
Seis sangd ndias nilud lulo
样样物跟随他后尼来
Lul bangb soab **Had Rongl Buf Daod**
来落地方哈格卜稻

据苗学专家考察和研究，“现今的苗语三大方言区就是古三苗，而西部苗族方言区的苗族就是‘迁于三危’中的一支，这支苗族是整个苗族迁徙队伍的先遣军。他们被流放到西域后，又南下经四川抵到贵州和云南”[1]。中国民间文艺家协会副主席、贵州省文联副主席余未人老师认为：“西部方言区苗族的首领亚鲁王开创了这段迁徙的悲壮历史。后人们将《亚鲁王》这部英雄的迁徙史、战争史世代传唱，史诗所吟诵的，是不屈不挠的西部苗人的命运”[2]。

综上所诉，史诗中唱述的创世、战争和迁徙等是西部苗族的一部活形态口传史，是西部苗族对先祖亚鲁王悲壮征战史和迁徙史的追忆，也是西部苗族族群征战史和迁徙史的积淀。

二、亚鲁王史诗音乐文化传承思考

2012年5月至12月，紫云苗族布依族自治县亚鲁王文化研究

[1] 石朝江：《苗学通论》，贵州民族出版社，2008，第180页。
[2] 余未人：《21世纪新发现的古老史诗〈亚鲁王〉》，《中国艺术报》2011年3月23日。

中心展开对麻山区域内紫云苗族布依族自治县做的亚鲁王史诗传承人作了全面的调查登记。从登记在册的数据看，仅紫云苗族布依族自治县就有东郎 1778 名，平均年龄在 60 岁左右。单从东郎人数来论，这个可喜可贺的。但是，如果以完整唱诵亚鲁王史诗作为参考统计，这样的东郎则不足百人，这也反映出亚鲁王史诗的传承同样面临濒危境地。究其原因，主要是在“文革”期间，亚鲁王史诗大部分传承人都受到不同程度的“批斗”，并且被送进“劳动学习班”，很多年老的传承人甚至在劳动学习中离开人世。以往史诗传习的繁荣景象就此中断。改革开放后，传承人们从未摆脱惶恐的日子，但是他们对亚鲁王史诗文化的坚守和传承精神并没有松懈：他们在深夜里，在山洞中偷偷地将亚鲁王史诗传教给徒弟，甚至部分师徒是采取同睡一个床头的方式以口耳悄声地进行传教。由于“文革”的后续影响，大部分徒弟对所学内容囫囵吞枣，对史诗的内容情节等都没有认真领会，未来得及消化，从而导致现今很多改革开放后学习成长起来的东郎，无法解读亚鲁王史诗中大量的古苗语，也无法完整地唱诵。所以，亚鲁王史诗的传承，显得更为迫切和重要。

亚鲁王史诗的学校教育传承

人是文化传承的载体，也是文化保护的主体，民族文化的传承、保护、开发都离不开人才。在亚鲁王史诗传承发展的这个问题上，传承人既是亚鲁王史诗得以传承的基础，也是亚鲁王史诗得以活态传承的主体。在传承亚鲁王史诗文化的过程中，对传承人的保护和培养具有非常重要的意义。加强对传承人的培养力度，是亚鲁王史诗传承的首要任务。而当下很多青年人又背井离乡去经商或务工，因此在基础教育中融入亚鲁王史诗文化，在学校里进行亚鲁王史诗文化教育具有不可替代的作用。

2017 年，以亚鲁王史诗为主要内容，相关部门在紫云苗族布依族自治县境内以宗地镇中学、中心小学、打郎小学、紫云民族高级中学作为试点，开展了形式多样的民族民间文化进校园教学活动。以学校为阵营，分别举办学生班及中青班的班级组织形式。其中，学生班主要根据在校学生的兴趣爱好情况，从不同的班级中选出，组建民族民间文化进校园活动的学生班级。特别聘请当地民族民间文化代表性传承人及亚鲁王文化研究中心的工作人员为学生班进行民族民间文化教学，对在校学生教学的主要内容为：1. 民族民间文化；2. 苗文培训；3. 亚鲁王史诗。每所学校的培训都分两期进行，中青班参加学习的有学员 400 人，学生班参加学习的学员有 418 人，共参加民族民间文化进校园活动的共有学员 818 人。中青班以民族民间文化的保护、传承、发展、利用，特色文化创意产品的开发等为主要内容，聘请了当地民族民间乡土文化人才及相关特色文化创意产品开发的专业教师进行授课。

通过亚鲁王史诗进校园试点教学传承活动的开展，紫云苗族布依族自治县部分中青年逐渐认识到亚鲁王史诗的当代传承具有重要意义，并积极投入到民族民间文化的传承与保护、发展与利用的文化战役中，同时也在思考民族民间文化产品与市场的供求关系。此举对紫云苗族布依族自治县的农村脱贫攻坚工作也具有重要的现实意义，可谓一举两得。对于学生而言，此次培训让他们对自己的语言文字产生浓厚兴趣，提高了他们对亚鲁王史诗的认识，也陶冶了情操，培养了他们对民族民间文化的情感，增强了文化自信。

2018 年紫云苗族布依族自治县在上一年民族民间文化进校园试点成果的基础上，同样以民族民间文化（主要为亚鲁王文化）进校园的方式，在全县境内 10 个乡（镇）的中学及中心小学共 20 所学校全面开展，聘用民族民间文化人才、代表性传承人及文化创意产品相关专业教师授课，取得了很好的成效，使得紫云县边远地区充分认识民族民间文化的价值及意义，亚鲁王文化得到了很好的保护、传承和发展。

建立亚鲁王史诗文化遗产保护区

在社会加速发展过程中，文化生态保护区是保护和传承珍贵的非物质文化遗产项目的有效模式。在我国，文化生态保护区更是肩负着加强社会主义精神文明建设、繁荣中国特色社会主义文化、不断满足人民群众日益增长的精神文化需求、对广大人民群众进行爱国主义、集体主义和社会主义教育的艰巨任务。

近几年，党和国家十分重视非物质文化遗产及其文化产业的建设工作，非物质文化遗产的文化生态保护区或改扩建项目陆续建成。同时，《中华人民共和国非物质文化遗产保护法》的公布施行，更加体现了党和国家对民族民间非物质文化遗产保护和传承工作的重视。

为继承和弘扬中华民族的优秀传统文化，保存和再现《亚鲁王》史诗文化精髓，近年来紫云苗族布依族自治自治县各级领导和有关部门非常重视亚鲁王文化。首先同意批复亚鲁王文化研究中心成立了亚鲁王文化旅游产业发展有限公司——半公益性半营利性的企业机构，具有文物收藏保护、科学研究和陈列展览、传承生产文化产品与销售等三项基本功能，启动了一些旅游文化项目，深入传播亚鲁王文化。接着，建立"亚鲁王文化生态保护区"，并列为十三五规划的项目之一，同时进一步根据亚鲁王文化的传承情况，将紫云苗族布依族自治县南部的宗地镇、猴场镇、大营镇、四大寨乡、格凸河镇等《亚鲁王》史诗的典型活态传承区域，划定为县级亚鲁王文化生态保护区，欲全面保护区域内的葬俗、生活仪式、节日风俗及相关实物和历史建筑等，各项工作已纳入2019年正式实施的《安顺市亚鲁王非物质文化遗产保护条例》。

举办有关亚鲁王史诗的活动

举办相关的传承活动，不仅使亚鲁王文化向世人彰显其重要性，同时更是提升其传承族群的文化自信，增强文化认同。

自2012年以来，紫云苗族布依族自治县多次举办了亚鲁王史诗的传承活动，其中最为隆重的是2013年12月在格凸河镇坝寨村毛龚组举行的“祭祀亚鲁王”大型活动和2015年举办的“千名东郎演唱史诗亚鲁王大赛”的比赛活动。

关于“亚鲁王祭祀活动”，上文已经进行较为详细的描述，不再赘述。这里主要就“千名东郎演唱史诗亚鲁王大赛”作简要描述并指出其活动的传承意义。2015年9月28日至10月28日，亚鲁王文化研究中心在紫云苗族布依族自治县境内进行初选报名和海选赛。参加选拔赛的东郎有年长80岁老人，也有20岁的年轻人，共600余名，赛事兴致盎然，极大的推动了亚鲁王文化在农村社会的宣传效果，促使各地的苗族同胞纷纷前往选拔赛现场聆听东郎们唱诵史诗，近距离感受民族文化，深受鼓舞。2015年10月26至28日，在紫云苗族布依族自治县县城内举办“千名东郎演唱史诗亚鲁王大赛”总决赛。总决赛共有80多名东郎参赛，经过一天的比赛共评选出多名获奖东郎。通过“千名东郎演唱史诗亚鲁王大赛”，同样激起东郎传承和发扬亚鲁王文化以及苗族同胞们学习亚鲁王史诗的浓厚兴趣。此次非遗传承保护宣传工作活动，是继紫云苗族布依族自治县《亚鲁王》史诗2011年成功申报国家级非遗项目和2012年东郎大普查结束以来，第一次以政府名义深入村寨，进行推广和宣传民族文化传承保护的工作，取得明显的社会效益，进一步推动亚鲁王文化的可持续性发展。

图14 亚鲁王史诗唱诵大赛现场

建立亚鲁王史诗文化新媒体

笔者认为，与亚鲁王

史诗文化保护区的实体建设不同，依托互联网建立亚鲁王史诗文化网站。这一网站将是一个虚拟的文化空间，是一个无所不包的文化传承网络载体。在互联网高度发达的今天，建立亚鲁王史诗文化传播传承平台，是顺应潮流，也是亚鲁王史诗文化传播传承的一条重要途径。建立亚鲁王史诗文化传播传承平台，可从以下五大板块来开展相关工作：

1. 时政类

（1）“非遗之窗”：主要发布国家以及各级非遗法律法规和政策。

（2）“工作短波”：主要发布中心重大事项决定、领导视察、指导工作以及重要活动的简报简讯。

2. 田野类

（1）“文说亚鲁王”：主要发布已经翻译出版的《亚鲁王》史诗和已发表或待发表的与亚鲁王文化相关的论文、报告文学、诗歌散文等。

（2）“图解亚鲁王”：主要发布与亚鲁王文化习俗相关的单帧图片或组图。

（3）“聆听亚鲁王”：主要发布专家学者关于亚鲁王文化的讲话录音和已收集或正在收集的亚鲁王史诗录音。

（4）“直观亚鲁王”：主要发布与亚鲁王文化习俗相关的婚俗、葬俗、生活习俗、亚鲁王文化重要活动以及团队工作历程的视频。

（5）“体验亚鲁王”：主要发布田野工作人员的田野笔记、日志以及亚鲁王文化随笔等。

3. 研究类

（1）“专家视觉”：主要发布专家学者已发表的对亚鲁王文化的调查研究成果或论文。

（2）“乡土话题”：主要发布亚鲁王文化田野团队关于亚鲁王文化的解读文章。

（3）“寻觅东郎”：主要发布典型代表东郎或新近发现的具有重

点东郎性质的亚鲁王文化传承人的口述史。

4. 娱乐类

（1）“追寻遗音”：主要发布已收集或正在收集的各地苗族老年人演唱的亚鲁王史诗、苗族歌典与演奏的器乐。

（2）“传承之音”：主要发布团队与民间年轻人演唱的各种调式的苗族歌曲。

（3）“杂技探秘”：主要发布麻山各种葬礼仪式或生活习俗仪式中古老杂耍技艺的视频。

（4）“谜语集锦”：主要发布已收集或正在收集的麻山葬礼仪式上流传讲述并传承的苗族谜语（含原始录音和苗文、译文）。

5. 互动类

（1）“苗圃新花”：主要发布中小学生正在开展的亚鲁王文化进校园过程中发现的亚鲁王文化新芽（含苗文诗歌、苗歌的图片、视频或文章）。

（2）“风雨传承”：主要发布苗族男女青年在传承亚鲁王文化的感动故事和语录。

参考文献

著作类

[1] 李炳泽. 口传史诗中的非口语问题：苗族古歌的语言研究 [M]. 北京：北京民族出版社，2004.

[2] 毕节地区民族事务委员会，毕节地区民族研究所. 中国西部苗族口碑文化资料集成 [G]. 昆明：云南民族出版社，2007.

[3] 李云兵. 苗语方言划分遗留问题研究 [M]. 北京：中央民族大学出版社，2000.

[4] 理查德·鲍曼. 作为表演的口头艺术 [M]. 杨利慧，安德明，译. 南宁：广西师范大学出版社，2009.

[5] 马学良 . 苗族史诗 [M]. 北京：中国民间文艺出版社. 1983.

[6] 中国民间文艺家协会，余未人.《亚鲁王》文论集：口遗史·田野报告·论文 [G]. 北京：中国文史出版社，2011.

[7] 中国民间文艺家协会，贵州省文化厅.《亚鲁王》文论集 [G]. 北京：中国文史出版社，2014.

[8] 梅列金斯基. 英雄史诗的起源 [M]. 王亚民，张淑明，刘玉琴，译. 北京：商务印书馆，2007.

[9] 约翰·迈尔斯·弗里. 口头诗学：帕里—洛德理论 [M]. 朝戈金，译. 北京：社会科学文献出版社，2000.

[10] 朝戈金. 口传史诗诗学：冉皮勒《江格尔》程式句法研究 [M]. 南宁：广西人民出版社，2000.

[11] 钟敬文. 民间文学概论 [M]. 上海：上海文艺出版社，1980.

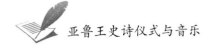

[12] 张泽忠，韦芳．侗歌艺术传承研究 [M]，北京：民族出版社，2012.

[13] 郎樱．《玛纳斯》论 [M]．呼和浩特：内蒙古大学出版社，1999.

[14] 杨恩洪．民间诗圣—格萨尔艺人研究 [M]．北京：中国藏学出版社，1995.

[15] 贾木查．史诗《江格尔》探源 [M]．王仲英，译．乌鲁木齐：新疆人民出版社，1996.

[16] 阿地里・居玛吐尔地．《玛纳斯》史诗歌手研究 [M]．北京：民族出版社，2006.

[17] 吴文科．中国曲艺艺术论 [M]．太原：山西教育出版社，2000.

[18] 曹本冶．中国传统民间仪式音乐研究・西南卷 [M]．昆明：云南人民出版社，2003.

[19] 曹本冶．思想—行为：仪式中音声的研究 [M]．上海：上海音乐学院出版社，2008.

[20] 蒋廷瑜，廖明君．铜鼓文化 [M]．宁波：浙江人民出版社，2007.

[21] 杨荫浏．十番锣鼓 [M]．北京：人民音乐出版社，1980.

[22] 袁静芳．中国传统音乐简明教程 [M]．上海：上海音乐出版社，2006.

[23] 吴文科．中国曲艺艺术论 [M]．太原：山西教育出版社，2003.

[24] 于会泳．腔词关系研究 [M]．北京：中央音乐学院出版社，2008.

[25] 庄永平．中国古代声乐腔词关系史论稿 [M]．上海：上海三联书店，2017.

[26] 范晓峰．声乐美学导论 [M]．上海：上海音乐出版社，2004.

[27] 于林青．曲艺音乐概论 [M]．北京：人民音乐出版社，1993.

[28] 朝戈金．口传史诗诗学：冉皮勒《江格尔》程式句法研究 [M]. 南宁：广西人民出版社，2000.

[29] 陈兴华，吴晓东．《亚鲁王》（五言体）[M]．重庆：重庆出版社，2018.

[30] 中国民间文艺家协会．苗族英雄史诗《亚鲁王》（史诗部分）[M]．中华书局，2011.

[31] 中国大百科全书总编辑委员会．中国大百科全书・戏曲曲艺 [M]. 北京：中国大百科全书出版社，1983.

[32] 辞海编辑委员会编．辞海 [M]．上海：上海辞书出版社，1979.

[33] 阿尔伯特·贝茨·洛德．故事的歌手 [M]．尹虎彬，译．北京：中华书局，2004.

[34] 袁静芳，中央音乐学院．中国传统音乐概论 [M]．上海：上海音乐出版社，2000.

[35] 蒲亨强．寻千年楚音遗韵 [M]．成都：巴蜀出版社，2005.

[36] 石朝江．苗学通论 [M]．贵阳：贵州民族出版社，2008.

[37] 石朝江．世界苗族迁徙史 [M]．贵阳：贵州人民出版社，2006.

[38] 罗义群．苗族丧葬文化论 [M]．北京：华龄出版社，2006.

[39] 彭兆荣．人类学仪式的理论与实践 [M]．北京：民族出版社，2007.

[40] 杜薇．脆弱生态地区传统知识的发掘与利用：麻山个案的生态人类学研究 [M]．成都：西南交通大学出版社，2011.

[41] 刘亚湖．原始叙事性艺术的结晶：原始性史诗研究 [M]．呼和浩特：内蒙古大学出版社，1991.

[42] 陈善坤．紫云苗族布依族自治县志 [G]．贵阳：贵州人民出版社，1991.

[43] 王兴贵，杨志义．安顺地区民族志 [G]．贵阳：贵州民族出版社，1996.

[44] 杨庭硕．民族、文化与生境 [M]．贵阳：贵州人民出版社，1992.

[45] 曹维琼，麻勇斌，卢现艺．亚鲁王书系（全三册）[G]．贵阳：贵州人民出版社，2012.

[46] 潜明兹．中国少数民族英雄史诗 [M]．北京：商务印书馆，1996.

[47] 陈来生．史诗：叙事诗与民族精神 [M]．上海：上海社会科学院出版社，1990.

期刊类

[1] 吴正彪．仪式、神话与社会记忆 [J]．贵州民族研究，2010 年第 6 期.

[2] 聂希智．中国民间乐曲中横向节奏组合的特点 [J]．中央音乐学院学报，1989 年第 4 期.

[3] 杨利慧．表演理论与民间叙事研究 [J]．民俗研究，2004 年第 1 期.

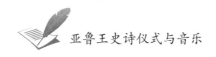

[4] 余未人. 21 世纪新发现的古老史诗《亚鲁王》[J]. 中国艺术报, 2011 年第 3 期.

[5] 廖明君, 薛艺兵. 音乐研究的新视野 [J]. 学术访谈, 2007 年第 2 期.

[6] 薛艺兵. 仪式音乐的概念界定 [J]. 中央音乐学院学报, 2003 第 1 期.

[7] 薛艺兵. 论仪式音乐的功能 [J]. 音乐研究, 2003 年第 1 期.

[8] 张振涛. 祭祖敬宗、敦乡睦里—丧葬仪式中的音乐功能(一)[J]. 星海音乐学院学报, 2002 年第 4 期.

[9] 张振涛. 祭祖敬宗、敦乡睦里—丧葬仪式中的音乐功能(二)[J]. 星海音乐学院学报, 2003 年第 1 期.

[10] 黄汉华. 音乐互文性之问题探讨 [J]. 音乐研究, 2007 年第 3 期.

[11] 刘富琳. 中国传统音乐口传心授的传承特征 [J]. 音乐研究, 1999 年第 2 期.

[12] 董维松. 论润腔. 中国音乐 [J]. 2004 年第 4 期.

[13] 蒲亨建. 音腔之疑. 中央音乐学院学报 [J]. 1982 年第 4 期.

[14] 沈洽. 音腔论. 中央音乐学院学报 [J]. 1982 年第 4 期.

[15] 杜亚雄, 秦德祥. "腔音"说 [J]. 音乐研究, 2004 年第 3 期.

[16] 吴文科. "曲艺"与"说唱"及"说唱艺术"关系考辩 [J]. 文艺研究, 2006 年第 8 期.

[17] 刘学顺. 音律、声律、格律 [J]. 殷都学刊, 1991 年第 3 期.

[18] 石德富. 黔东苗语的语音特点与诗歌格律 [J]. 民族文学研究, 2005 年第 2 期.

[19] 马成富. 谈《格萨尔》史诗形成、流变及唱腔特点 [J]. 西藏艺术研究, 1997 年第 1 期.

[20] 朝戈金. 口传史诗诗学的几个基本概念 [J]. 民族艺术, 2000 年第 4 期.

[21] 朝戈金. 口头程式理论 [J]. 民间文化论坛, 2004 年第 6 期.

[22] 杨民康. 信仰、仪式与仪式音乐—宗教学、仪式学和仪式音乐民族志方法论的比较研究 [J]. 艺术探索, 2003 年第 3 期.

附录

亚鲁王及其儿子欧底聂和迪底仑简介[1]

亚鲁王

在远古时期，中华大地尚无民族的分别，那时候，天下一家。亚鲁王作为一个民族的始祖之一，自幼聪明过人，十八般武艺样样精通。亚鲁王还没有到十二岁的时候，亚鲁王的亲生父亲带领大王子和二王子离开了疆域，远征它乡去定都立国。亚鲁王的父亲把王国留给了亚鲁王，由亚鲁王的母亲博布嫩旦赛戈代理王位，她把亚鲁王带到了一个名叫梭纳经容贝京的地方，在那里安置王室，授王位给了亚鲁王。亚鲁王十二岁之前以商人身份到其他部落里去接受各民族的文化熏陶。亚鲁王一生博学多艺，精通天文地理和巫术，熟知冶炼铁的技术，会制造多种兵器，是位全知全能的经济家、政治家、军事家和预测学家。亚鲁王的士兵在江北岸种植一望无际的水稻，在江滩上圈着无数的鱼池。他的王国粮食很丰盛，士兵吃的是白花花的稻谷米，战马吃的是金黄黄的稻谷穗。亚鲁王拥有无数个像雪山一样闪银光的盐井，因为拥有先进的制盐技术，亚鲁王获得了财富。

亚鲁王在十二岁之后开始征战立国，通过多场艰苦卓绝的残

[1] 亚鲁王文化研究中心提供。

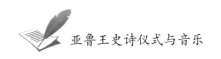

酷战争，带领着他的将士们，收复许多父王离国之后被占去的领土。在收复纳经城战役中，亚鲁王的王妃波尼桑，被占据纳经的卢呙王乱箭射杀牺牲，亚鲁王痛失了一位美丽的爱妃。

为了悼念死去的爱妃波尼桑，亚鲁王带领着他的将士们一鼓作气，攻下了纳经城，接着又下令攻打占据贝京城堡的伊莱王。紧接着长途奔袭坂经城，出其不意的攻下了坂经，杀掉了占据在那里的谷吉王，收回了坂经城堡，王国百姓欢呼雀跃庆祝胜利。

亚鲁王的飞龙马飞越天际腾空长啸，杀戮中叫声切切，尸体遍布了旷野，血流成河。亚鲁王残酷而英勇的征战让苗人的后代深感自豪。

亚鲁王同时也是一位有情有义、人情味浓郁的首领。他携带王妃儿女，在婴儿的啼哭声中上路。哭奶的啼声撕心裂肺。一句“可怜我的娃儿，别哭啦，七千追兵紧紧随着哭声而来。歇歇吧，我们煮午饭吃了再走……”深深饱含了一位父亲、丈夫与王者的伟大情怀。

亚鲁王转战沙场戎马一生，但他并非主战、好战。他得到宝物龙心之后，曾打算带领族群安居乐业建设家园。但天意不由人，亲生兄长赛阳赛霸率领七千士兵，浩浩荡荡地向亚鲁王的领地开进。这时，亚鲁王的态度显得特别弱势：“你们是哥哥，我是弟弟，你们在自己的地方已建立领地，我已在自己的村庄建立了疆域。我不去抢你们的井水，我不去你们的森林砍柴。你们为何率兵来到我的边界？”赛阳赛霸则强势得不容置辩：“我们是来要你的珍宝！给不给我们都要拿，舍不舍我们都要抢！”之后，亚鲁王因拥有宝物龙心而得胜。但兄长赛阳赛霸反复施计，终于夺去了宝物，在多场拉锯式的浴血奋战中，亚鲁王的将士们因为波丽莎的失策而阵亡过半。

为了留下部族的根源，英雄的亚鲁王选择了战略转移，带领王妃儿女和部族与将士们离开了破碎的家园，长途迁徙，刀耕火种，从头做起。然而，嫉恨这剂毒药在兄长赛阳和赛霸的心里持续发酵，战争的阴霾笼罩在亚鲁王的头顶。亚鲁王率领族群昼夜迁徙，越过宽广的平地，逃往狭窄陡峭的穷山恶水，可是他们依然无法躲避追杀。亚鲁王用雄鸡来占卜地域，为疆土命名，各种动植物跟随而来。亚鲁王及其族群不希望战争、甚至退避战争，但当族群饱受欺凌、忍无可忍的时候，他们便一往直前，奋勇杀敌保卫疆土。他们一次次建起家园，又一次次迁徙、征战，从富饶宜居之地，一步步退到了生存环境特别恶劣的南方山区。

又过了几年，亚鲁王决定带着自己的部落继续迁徙。亚鲁王的部落以各家族为编制团队，分若干条线路迁徙，分散进入麻山地区。在南方新建王国的都城，亚鲁王走完了戎马征战的一生，人们把他的遗骨埋葬在山崖下。

亚鲁王的英雄事迹永远流传在麻山苗族东郎的心目中。

欧底聂王子

欧底聂王子是亚鲁王的大儿子。他出生的时候，正是亚鲁王国富饶强盛的黄金时期，父王亚鲁王时常率部远征巡视疆域，查勘王国经济的发展和建设。很少在宫廷看管年幼的欧底聂弟兄等人，全靠叮嘱后宫的王后门让他们各自专心学习十八般武艺。幼年的欧底聂王子，表现出了杰出的军事天赋。

那时候，亚鲁王部落因为全力以赴的发展地方经济和贸易市场，淡化了外来侵略的安全隐患，没有加强边疆的守护，导致了部落防卫处于松散的状态。当时与亚鲁王部落结为部落联盟的赛阳和赛霸两个部落见到亚鲁王部落富裕起来，非常嫉妒，就开始预谋着吞并亚鲁王部落富饶的领土和富有的资源。亚鲁王由于兄弟部落联盟之间的连年征战，不愿意看到兄弟部落之间相互残杀，决定率领族群过江迁徙南下，定都南方。之后亚鲁王遣令其“十二”个王子征拓南方十二个荒蛮之地，并立足发展。欧底聂作为先遣部队将帅，率领部分族群途经贵阳、惠水、长顺进入麻山，并在迁徙沿线不断的修筑战斗堡垒和护卫城墙在麻山的交通要道上。

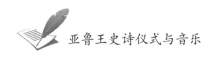

无痕的岁月悄然滑过，一代英灵追随者着祖先的脚步远去。但他在麻山留下的火种，依旧繁衍生息，不断的壮大和发展，成就了今天建设麻山的一支生力军。

迪底仑王子

迪底仑王子是亚鲁王的小儿子，他出生的年代，是亚鲁王部落的黄金发展后期。迪底仑自由善谋，在父王亚鲁王决定率领族群过江南下定都派遣十二个王子各自率领部分族群，兵分几路作为先锋部队，征拓荒蛮之地的时候，迪底仑借外出做事之机，延迟返回部落，躲过参加此次派遣出征的大事。

当欧底聂等兄长们率领部队开拔南下之后，迪底仑匆忙返回部落，参见了父王亚鲁王，并以小儿必须照顾父母为由，说服了亚鲁王，留在部落父母的身边。

年迈的父王亚鲁王离开人世后，迪底仑一路追寻欧底聂的踪迹，途经贵阳、惠水、长顺来到麻山，迪底仑王子看到了欧底聂王子留下的护卫城墙和关卡，一路分布跟随他来的族群家族，与先前跟随欧底聂王子来的族人在麻山休养生息，繁衍成了今天居住的麻山各地的次方言苗族和其它民族。

亚鲁世族谱系

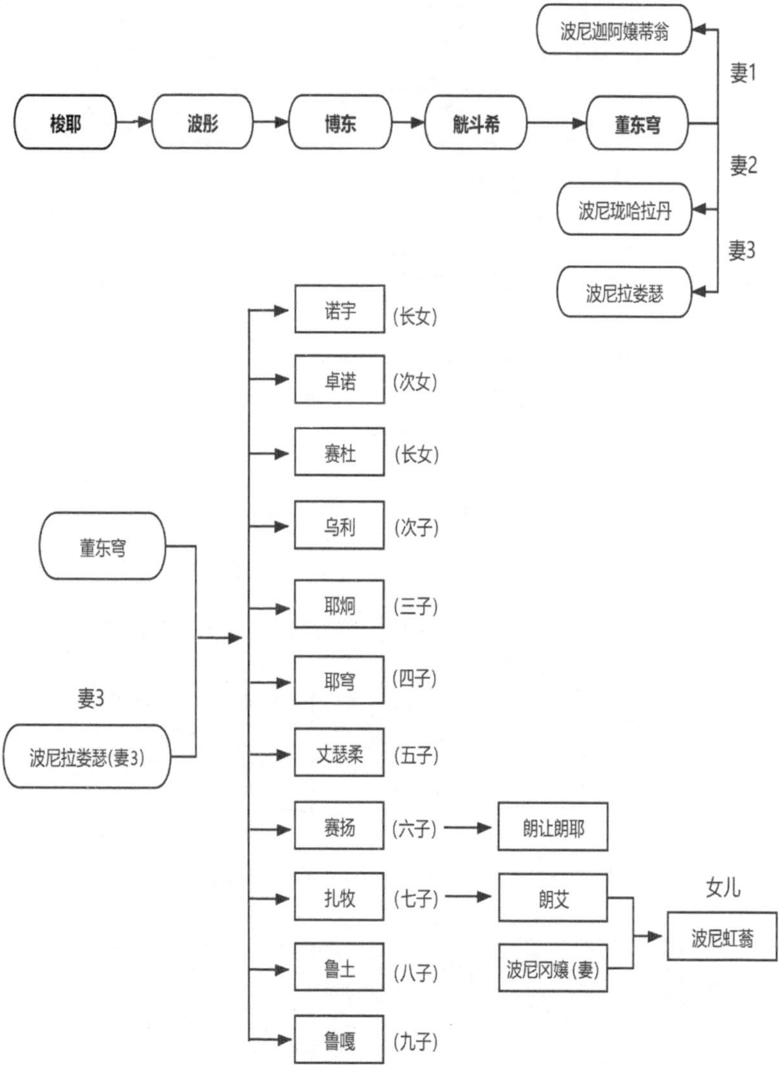
波尼迦阿孃蒂翁
妻1
梭耶
波彤
博东
觥斗希
董东穹
妻2
波尼珑哈拉丹
妻3
波尼拉娄瑟
诺宇
(长女)
卓诺
(次女)
赛杜
(长女)
乌利
(次子)
董东穹
耶炯
(三子)
耶穹
(四子)
妻3
波尼拉娄瑟(妻3)
丈瑟柔
(五子)
赛扬
(六子)
朗让朗耶
扎牧
(七子)
朗艾
女儿
波尼虹翁
鲁土
(八子)
波尼冈孃(妻)
鲁嘎
(九子)

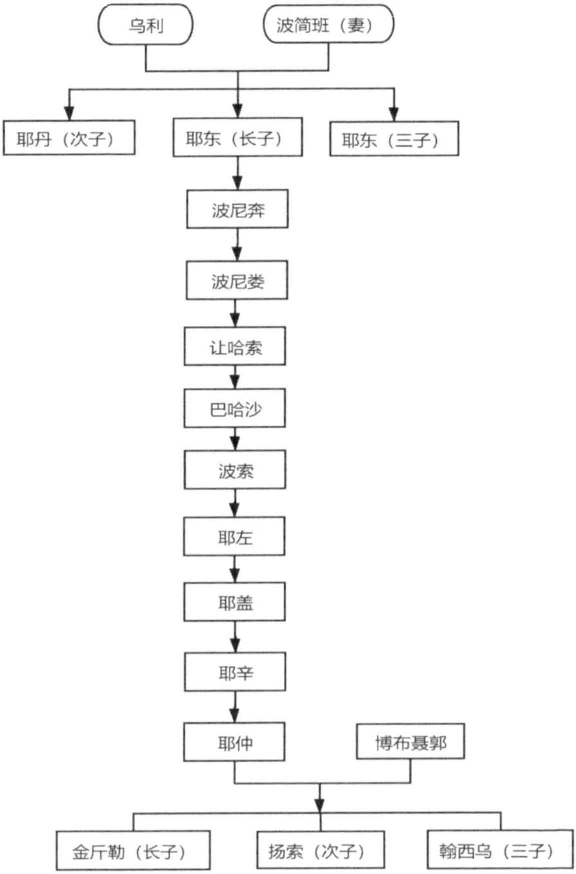
乌利
波简班（妻）
耶丹（次子）
耶东（长子）
耶东（三子）
波尼奔
波尼娄
让哈索
巴哈沙
波索
耶左
耶盖
耶辛
耶仲
博布聂郭
金斤勒（长子）
扬索（次子）
翰西乌（三子）

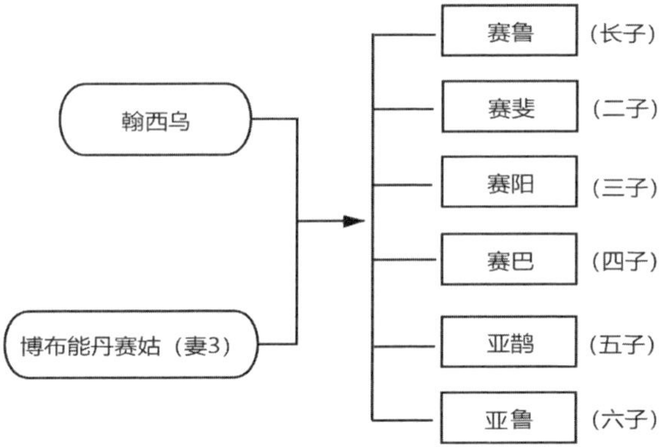
翰西乌
博布能丹赛姑（妻3）
赛鲁
（长子）
赛斐
（二子）
赛阳
（三子）
赛巴
（四子）
亚鹊
（五子）
亚鲁
（六子）

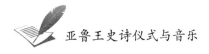

东朗与史诗：以亚鲁王史诗为个案

摘要：歌师是史诗传承的重要主体，对于传统社会中的无文字民族而言，没有歌师就没有史诗的存在。但是，对于同一个题材的史诗，每个歌师又因其阅历的不同，他们之间所唱出来的文本和音乐唱腔都会形成不同的艺术个性。为此，本文根据已经申报成功的国家级非物质文化遗产名录中的“苗族史诗《亚鲁王》”作为对象，结合田野调查的相关资料，借鉴 音乐人类学的研究方法及理论架构，从史诗《亚鲁王》的传承人、故事内容和音乐形态三个方面入手，就这部史诗的音乐文化形态进行初步的阐释。

关键词：麻山；东朗黄老华；亚鲁王史诗；音乐形态；音乐文化

贵州省紫云苗族布依族自治县根据《国务院办公厅关于加强我国非物质文化遗产保护工作的意见》（国办发〔2005〕18 号）精神和国家文化部的部署，2009 年以《苗族史诗：亚鲁王》（英雄史诗）为题申报了贵州省第三批非物质文化遗产保护，经省非物质文化遗产保护工作专家委员会的严格评审，省非物质文化遗产保护委员会审核，省人民政府同意将《苗族史诗：亚鲁王》（英雄史诗）列为贵州省第三批省级非物质文化遗产名录。之后又被文化部列为 2009 年中国文化的重大发现之一，2011 年被列为国家级非物质文化遗产代表作名录。

亚鲁王英雄史诗主要流传在贵州麻山地区苗族的丧葬仪式中，由“dongb langf”（亚鲁王史诗的演唱者，下文统称东朗）用本族语言苗语演唱。自 2009 年以来，我利用寒暑假及周末多次、长时间对亚鲁王史诗进行田野调查。在实地调查中，我认识了不少苗族东朗，也和他们建立了很好的关系。本文所写的东朗黄老华，则是我于2009年12月14日在紫云苗族布依族自治县宗地乡大地坝村马松寨的一次丧葬仪式活动中认识的。此文试图通过对东朗黄老华和亚鲁王英雄史诗的论述，意在揭示苗族民俗音乐文化中未被发现的一些重要文化现象。

一、喀斯特地貌的麻山：东朗的人文生态概述

麻山之名有二：一是因为居住在这里的苗族迁徙来时带来了大量的苎麻种籽，并经过长期的耕耘培育，把这片石山区变成了盛产苎麻、构皮麻的山区；二为此区域以喀斯特地貌为主，石岩密密麻麻。麻山地区位于贵州省中南部，此区域为高度发育的喀斯特地貌。吴正彪教授根据当地苗族分布区内的地名名称和读音方式分析认为：麻山地区的苗族为当地最早的土著居民，早年只有苗族而没有其他民族。从第一部《苗族英雄史诗〈亚鲁王〉》内容来看，可知麻山区域的苗族至少在秦汉时期就已经迁徙入驻。

麻山境内苗族语属西部方言麻山次方言。麻山次方言有六个土语区，即以紫云苗族布依族自治县的宗地乡为代表的中部土语、以长顺县的摆梭为代表的北部土语、以望谟县乐宽为代表的南部土语、以紫云苗族布依族自治县四大寨乡为代表的西部土语、以罗甸县木引乡把坝寨为代表的东南土语、以望谟县打狼乡岜奉寨为代表的西南土语。中部土语群分布于紫云苗族布依族自治县东部和罗甸县西部交界一带，使用人数约十六万人；北部土语分布于长顺县南部、罗甸县西北部和惠水县南部之间，使用人数约为七万人；西部土语分布于紫云苗族布依族自治县南部和罗甸县西部之间，使用人数约为三万多；南部土语分布于紫云苗族布依族自治县东南面，望谟县东面及东北面和罗甸县的西南面之间，使用人数约

有两万多人[1]。人们习惯把居住在麻山境内的苗族这一区域内的苗族统称为“麻山苗族”。

麻山苗族有自己独特的节日及文化习俗。其中最重要的文化习俗是丧葬仪式。在丧葬仪式活动里，不同土语区的苗族必须请本家族东朗为亡灵演唱亚鲁王史诗。除丧葬仪式外，麻山苗族的传统节日主要有苗年、春节、赶坡节、七月半和摘刀耙节。苗年是按十二属相推算，以腊月下旬的戌日或辰日为过苗年的良吉，“除夕”之夜，全家共聚一堂吃团圆饭，儿童到屋外燃放鞭炮，此时，整个麻山村寨变成一片烟花的海洋，过年的喜庆也达到了高潮。春节，与汉族基本相同，期间各家堂屋内摆设一张长桌，铺放茅草，然后把各种年货品放在茅草上面，以祭祀祖先。赶坡节，三年举行小型的、五年举行大型的节庆活动，节日那天早晨在赶坡场里砍牛祭祖，其时举行射弩、击鼓等比赛活动。青年人则在节日期间对唱情歌，谈情说爱．七月半即在农历七月十四日，宰狗[2]过节，并做三色糯米饭，用花线拴儿童的脖子和手腕，意为辟邪。节日期间青年人在一起对唱情歌，中年人则举行斗鸟活动。摘刀耙节即选在农历九月的龙或狗场天过，过节期间邀约亲朋好友前来吃小米粑，祝贺丰收[3]。

二、黄老华与亚鲁王史诗：个体与族群文化的有效传承

与藏族史诗《格萨尔》、蒙古族史诗《江格尔》和柯尔克孜族史

[1] 吴正彪．贵州麻山地区苗族社会历史文化变迁考述 [J]. 黔南州文联，民间文艺家协会．守护精神的家园．北京：作家出版社，2006：95.

[2] 宰狗过节即为过节那天菜食以狗肉为主，一般为家境宽裕的人家才宰狗。

[3] 梁勇．麻山苗族英雄亚鲁王史诗音乐文化阐释 [D]. 西安：陕西师范大学，2011 年．

诗《玛纳斯》一样，苗族亚鲁王史诗也同样具有故事内容、说唱艺人东朗和音乐形态三个部分。本部分主要从三个方面，即东朗黄老华、亚鲁王史诗内容和音乐形态三方面展开论述。

（一）坎坷人生路，忠贞文化人：黄老华艰辛之历程与坚持之心态

为了较为全面、准确的认识麻山苗族英雄亚鲁王史诗，我于2013年暑假（7月21日至8月6日）再次深入麻山腹地：紫云苗族布依族自治县大营乡芭茅村进行田野调查。在为期半个月的调查中，主要进入的村寨有打鹅组、小芭茅组、大芭茅组和关口组。在芭茅村的东朗中，黄老华是最出名的东朗。因此我调查的主要对象以黄老华为主。我通过与黄老华“三同”（同吃、同住、同活动）的参与观察及较为深度的访谈中，知晓他的人生较艰辛、困苦。每次说到他的风雨人生路时，73岁的他也禁不住潸然泪下，不时从裤包里拿出手帕拭去眼角的泪水。

笔者与东朗：（左起）黄老拗、梁勇、岑春华、黄老华（杨正江 摄）

东朗黄老华在家排行老三，1942年7月15日出生，出生6个月后，父亲黄老机在罗甸县木引乡赶集时被国民党迫害。当时大哥和二哥都还小，家里的事情都由母亲岑幺妹料理主持。黄老华未满三周岁，母亲病逝，从此还是童年的三兄弟相依为命，度日如

年。黄老华二十岁时结婚成家。

黄老华二十八岁时，开始和师傅岑老乔学唱亚鲁王史诗。学唱的原因主要是“为传后代”（他自己的话），而师傅也担心已经传承上千年的亚鲁王史诗出现断层，自愿在本村招收学徒，义务为学徒传授知识。当时学徒很多，并且学唱亚鲁王史诗很积极，但是由于各种原因，如觉得学唱史诗单调乏味，以及当时风行的“破旧立新”思想和文化大革命的影响，只有黄老华等几个学徒坚持到最后。

黄老华婚后共育有 9 个孩子，但是目前只有一个三十三岁已婚的女儿，其他 8 个孩子都在年少时就患病而离开人世。黄老华五十五岁时，妻子也病逝。人近半百，半辈辛苦到此时却两手空空，一般人是难以接受的，但是坚强的黄老华并没有因此而一蹶不振，妻子过世后，他曾与同村人到广西打工一年有余。打工回来时，经人介绍，六十岁时和同村一遗孀及其带来的 4 个儿子又组成新的家庭。婚后黄老华又和新妻子为了新家庭而劳累奔波，两人又随同村里的年轻人到广西打工，三年后才回家。这次我的田野调查虽然是炎热的夏天，但是七十三岁高龄的黄老华只要有空就和村里青年人到邻村（宗地乡大地坝村）早出晚归做泥水工，他的工作是搅拌泥浆和扛泥浆。因此，我对他的访谈主要是在夜里单独进行。

东朗黄老华自出师之后，自己主持丧葬仪式及演唱亚鲁王史诗不少于 200 余次。我问及哪次演唱最成功时，黄老华毫不谦虚地对我说每一次都成功，哪次都一样。我对他的回答原先持有怀疑的态度，但经过他的认真解释我才卸去怀疑的心态，反投以崇敬的眼光。他说：“在我们苗族的丧葬仪式中，演唱亚鲁是一件非常重要的大事，所以绝对不能有一点随意的态度，这样也才真正对得起自己的老祖宗亚鲁。”

(二)新世纪中国民间文学的重大发现：苗族英雄亚鲁王史诗

麻山苗族东朗英雄演唱亚鲁王史诗，在不同的土语区对亚鲁的称呼有所区别，如西部方言麻山次方言的中部土语称为yangb lus(杨路)；西部土语称为yax liul(牙留)等。“亚鲁王”的定名是紫云苗族布依族自治县亚鲁王研究中心为了便于日后在学术研究中统一名称，才如此命名。无论怎样称呼与重新命名，亚鲁王是麻山苗族的一位先祖是无可争辩的事实。据亚鲁王研究中心收集整理的资料可知，亚鲁王是苗族的第十八代王，是一个极具传奇色彩的苗人首领。“他从小以商人身份被派到其它部落，去接受一个苗王所应当具备的各种技艺、文化，逐渐成长为一个精通巫术及天文地理、冶炼等知识的奇人。在生活上，他享有普通苗人不可能享有的王族待遇，他有七个妻子和几十个儿子。其中的十四个儿子都继承了他的骁勇并与他一样毕生征战”[1]。在丧葬仪式里，亚鲁王史诗演唱的一般顺序和内容名称如下表所示：

顺序	苗语名称	汉语名称	音声类型
1	zot langt	入殓	奏木鼓、唢呐队演奏
2	baf faf gat	刀头猪	唱诵、哭唱
3	songd jad	打粑粑	口念
4	ndot nox xed faf ded	开路餐	唱诵、哭唱、奏木鼓
5	bef ghes	保佑后代	唱诵
6	huis qeul manb qeul songb	农作物种子	唱诵
7	has tanl has dod	一生历程	唱诵
8	gad hangf gad langt	生前耕地名	唱诵
9	dlud mengl dlud ndongt	走亲戚	唱诵

[1] 余未人.发现苗族英雄史诗《亚鲁王》[N].贵州日报，2009-09-09.

顺序	苗语名称	汉语名称	音声类型
10	gad nad gad qil	赶集	唱诵
11	sol ndongd sol dad	开天辟地	唱诵
12	sol mengl xeut shangt	人始之初	唱诵
13	yangb lus qil	亚鲁王一生	唱诵
14	yangb lus buk yes	亚鲁王儿女辈	唱诵
15	heul nad heus qil	亚鲁王开辟市场	唱诵
16	yangb lus doul qaid	亚鲁王迁徙	唱诵
17	doul leul	逆理家族三代	唱诵
18	jand peul	寻亚鲁王路线	唱诵、哭唱、奏木鼓
19	qais bait	扫家	念诵

从上表可看出，在丧葬仪式中亚鲁王史诗的唱诵（哭唱）约占95%，奏木鼓和唢呐队演奏约占15%（因为奏木鼓和唱诵与哭唱是同时进行，故也约占了15%），其他约占5%。以下对各程序的内容作简约介绍：zot langt 部分。关于“入殓”环节，如果亡人儿女准备各种陪葬物齐全，即可死亡当天晚上举行，否则须等到第三天晚上才能举办。在入殓仪式时，东朗击木鼓，意为唤醒亡人，速度由慢到快，亡人女媳必须请唢呐队前来奏乐。baf faf gat 部分，即杀一头猪送给亡人。对于猪的选择有一定的讲究：这头猪必须是一头未生育过的母猪，意为亡灵回到“亚鲁王”故土之地，这样的猪才有更多的繁育能力。songd jad 部分，即主人家把糯米饭蒸好后倒在粑槽里，两人同时击打致粘在一起，东朗用马刀分成两半：一半先给东朗吃，再给在场的人吃，另一半送给亡人（放进专给亡人装食物的大竹饭箩里）。ndot nox xed faf ded 部分，即所有东朗一起就餐。就餐完毕后，主要东朗用主人家备好的茶叶水洗脚，着传统长

衫，头戴斗笠，肩扛马刀，另一东朗同时击木鼓，其他东朗为亡人整装担子：一头盛装葫芦、水筒、小饭箩、碗筷、叶子烟、点火草、火石和各种农作物种子，另一头盛装草鞋，整装齐全后用一扁担挑起放在棺材顶面，头戴斗笠的东朗开始演唱英雄亚鲁王史诗。bef ghes 部分，本部分演唱主要是即兴的唱词，意在请亡人回到祖先亚鲁王之地后，也要让其保佑还在人世的子孙。huis qeul manb qeul songb 部分，本部分唱述内容以教授亡人到祖先亚鲁王之地时，如何种植和保护自己的农作物，以免无收成而饿着受“其他人”（已经去世的人）蔑视。has tanl has dod 部分，唱诵内容主要是亡人生前故事：包括十月怀胎、诞生后如何成长、成家立业直至去世，如此一生漫长而又短暂的经历。gad hangf gad langt 部分，演唱内容主要围绕亡人生前的耕作展开。耕作地名的演唱顺序根据耕地所处方位而定：先唱结束位于东方之耕地后，再唱位于西方之耕地，意为先祖亚鲁王是从东方迁徙至西方的。dlud mengl dlud ndongt 部分，演唱的内容以亡人生前走访的亲朋好友为主，意为亡人生前是位好客之人，故回到先祖“亚鲁王”故国也同样受“人”欢迎。gad nad gad qil 部分，本部分演唱内容以亡人生前的赶集之地名而演唱。演唱赶集场所与演唱耕地名一样，同样也是从地理位置在东面唱至西面，意为先祖亚鲁王是从东面渐渐开辟市场，再进入目前的麻山地区。sol ndongd sol dad 部分与 sol mengl xeut shangt 部分，演唱内容为“创世纪”，即上古时期苗族关于天、地、人和自然是如何形成的神话及民间传说，属于苗族的创世史，如：

Yil!

Lul hol dad has baid sol mengl nak nyod

Lul hol dad has mengl xeut shangt nad gex wes yul[1]

大意：哦，现在我开始来告诉大家是谁创造了人类，又是哪位

[1] 黄老华唱诵。

最早出现在自然界里。

Yangb lus qil 部分，以“亚鲁王”故事为演唱内容，主要叙述亚鲁王一生历程：

Yangd lus seuk nil nyod had rongl peis xingf nzos

Had rongl peis xingf had nenk nil ched

Nil has lanb gux qef dangt

Ched nil has pongl gux qef hongt[1]

大意：亚鲁王是在北方出生，他所占有的土地面积特别宽广。

yangb lus buk yes 部分，本部分主要唱述亚鲁王子孙后代。heul nad heus qil 部分，本部分主要演唱亚鲁王是如何开辟和建立商集市场。yangb lus doul qaid 部分，在丧葬活动中占有十分重要的地位，主要叙述亚鲁王之部下在其带领下如何征战迁徙，其中迁徙之地“涉及到400余个古苗语地名，20余个古战场”[2]。doul leul 部分，主要是东朗从亡灵这一代逆理本家族三代人给亡灵听。jand peul 部分，本部分主要演唱内容为东朗给亡灵唱述回归亚鲁王故国之路线，在演唱回归路线时，另外一东朗一直击奏木鼓直至把回归亚鲁王故国之路线介绍完才停止击奏。qais bait 部分，本部分是在把亡人安葬结束后，所有东朗到各家去清洁，手持扫把的东朗口念唱词，意为让亡魂离开生前处所，去和亚鲁王及各位先祖永远在一起。

（三）独特的音程和悲凉的唱腔：亚鲁王史诗音乐形态分析

周青青教授在有关我国少数民族民间歌曲的论述中叙述：“在我国一些少数民族中，流传着歌唱长篇叙事诗、历史诗的民歌，例如彝族的《梅阁》、苗族的《古歌》、瑶族的《盘王歌》和独龙族的《创世纪》等。这些民歌记述了有关宇宙和人类起源的古代神话和

[2] 黄老华唱诵。

[3] 余未人．发现苗族英雄亚鲁王史诗 [N]. 贵州日报，2009-09-09.

传说，先民对一些自然现象的认识，以及有关历史、生产、生活和礼仪方面的知识。这些歌曲多在节日、祭祀或婚丧仪式中有巫师或德高望重的老人主唱，气氛肃穆。其曲调接近口语，吟诵性较强；歌词篇幅较长，有的长达数万行，需要数小时甚至几天才能唱完”[1]。而由潘定智、杨培德、张寒梅选编的《苗族古歌》序言《宏伟的创世史诗，丰富的古代文化》这样解释苗族古歌：“苗族古歌，民间叫‘古史歌’‘古老话’，学术用语就是‘史诗’。不管叫古歌，或叫史诗，都是以歌（诗）来叙述古代历史的……”[2]苗族西部方言麻山次方言把东朗在丧葬仪式里演唱的《亚鲁王》称为“hmod reut luol”。“hmod reut luol”作为苗语里的一个短语：“hmod”汉译为唱，“reut”汉译为歌，“luol”汉译为老或远古，“hmod reut lul”这个短语直译就是“唱古歌”之意。“reut”在苗族的文化思维和日常用语中，同音乐学领域内的声乐之意一致，都是通过歌者的演唱来表情达意。《亚鲁王》作为民歌的“声乐”形式，它属于音乐文学体裁类别。我经过对东朗黄老华演唱亚鲁王史诗的录音及结合艺术学相关理论进行分析，认为亚鲁王史诗音乐形态具有如下特征：

1. 唱诵性。唱诵性即似说似唱，“说”具有一定音乐性的“唱着说”，“唱”具有一定语言性并注重内容传达的“说着唱”。据东郎黄老华说，要完整的演唱《亚鲁王》所叙述的内容，至少得要3天3夜的时间。对于如此繁复的内容，如果只是东朗个人的独白，不仅无法较准确的表达史诗所传达的情感，而且在丧葬活动仪式里演唱，无法与更多听众“共享乐，同喜忧，寓教于乐”[3]；其次，由于苗族没有文字，无法通过文字进行记录和传承。因此，自古

---

[1] 周青青．民间歌曲[M]．袁静芳．中国传统音乐简明教程．上海：上海音乐学院出版社，2006.

[2] 潘定智，杨培德，张寒梅．苗族古歌[G]．贵阳：贵州人民出版社，1997.

[3] 中国艺术研究院曲艺研究所．说唱艺术简史[M]．北京：文化艺术出版社，1988.

以来，亚鲁王史诗的传承，东朗都是采取这种既区别于独白，且便于背诵的唱诵性的音腔传授给徒弟。这种唱诵性音腔的内涵与构成曲艺艺术本质特征的"说唱"内涵一样，即"包括了由'语言性'到'音乐性'呈逐渐增强趋势的'说'、'又说又唱'、'似说似唱'和'唱'"[1]四种情形。换言之，对《亚鲁王》的唱诵性特点，都是在"语言性"和"音乐性"为共同常量的范围之内游移或变化。

2. 唱腔曲调单一性。亚鲁王史诗的唱腔以"音腔"分类，可以分为唱诵调和哭唱调两种类型。其中唱诵调具有如下特征：a. 唱诵调主要由 2 和 5 两个音构成，2 为支柱音，5 为骨干音。b. 每演唱《亚鲁王》的一段内容时，都以"2 – |5 2 2 5 | 5 – "此乐句为引句，并以此乐句作为母调对唱诵调的调性有规范的作用。其唱词也是固定的："wod, shed lul jand ndongd yos"（直译：喔，起来上天了。意译：啊，准备回祖先那里了），速度自由。唱词与音腔具有程式性特点。正式唱词演唱，速度较稳定，一字一音，节拍为 2/4。c. 在正式唱词中，2 和 5 两个音在唱诵每个段落里变化重复作"山谷式"的运行，或以 5 5 2 2 出现，或以 2 2 5 5 出现，或以 22 52 等出现，即从高音 2 下行到中音 5 为纯五度关系，从中音 2 上行到 5 或从中音 5 下行到 2 都是纯四度关系，音域刚好为一个八度。e. 每段唱词结束时，音乐结束于自由延长的具有徵调式色彩 5 音，音乐性格悲壮苍凉。

对于哭唱调，按唱词内容来分类，可以分为：离世调、开路调、寻祖调、发丧调和永别调。各哭唱调之哭唱顺序以东朗唱诵《亚鲁王》内容相关：离世调在"Bad Faf Gad"部分哭唱，开路调在"Ndot Nox Xed Faf Ded"部分哭唱，寻祖调在"Jand Peul"部分哭唱，发丧调在"Jand Peul"部分之后、即将发丧时哭唱，永别调则是在发丧后于屋外三岔路口处哭唱。哭唱调原来都是由妇女，她们或是

[2] 吴文科. 中国曲艺艺术论 [M]. 太原：山西教育出版社，2003.

亡人之女儿，或为亡人之儿媳来哭唱。但由于哭唱调比唱诵调不仅更具有音乐性，而且其唱词内容较为固定繁长。因此，现在会哭唱（以上五个调类）的妇女已经所剩无几，大多都是即兴哭唱，或者由东朗来担当这一任务。如《发丧调》[1]：

大意：啊，某某啊，我准备轻手把稻谷种子送给你，你到祖先（亚鲁王）那里后同自己的家族（已逝之人）一起种植吧。

的大意是亡人后代以哭唱作为媒介，不仅表达哀思，而且还通过哭唱之形式寄希望亡灵能带走其生前所有种植过的农作物种子，回到祖先之地继续农耕生产。

而《永别调》[2]：

大意：啊，某某啊，我现在准备给你修建食堂，回到祖先那里叫亚鲁王一起和你就餐。

也就是说，从此亡人将永远在先祖亚鲁王那里“生活”，无论

[1] 黄老华唱诵。

[2] 黄老华唱诵。

“生活”是苦是甜，须记得请先祖亚鲁一起就餐。

从这两首曲子可以看出：a. 哭唱调主要由 2 和 6̣ 两个音构成，2 为支柱音，6̣ 为骨干音，1 只是一个过度音。b. 曲调都以“1 2. 2 – 1 6̣”开始，并以此作为母调对哭唱调的调性有规范之功能，唱词都是“Jeuk X euk ”，汉译为“啊，某某啊！”（中“X”表示哭唱者按辈分敬称亡人），速度自由。唱词与音腔同样具有程式化特征。正式唱词内容也是一字一音，速度也较稳定，4/4。c. 与唱诵调一样，对于 2 和 6̣ 这两个音，无论上行还是下行，它们都是纯四度的音程关系，并且在哭唱过程中主要以这两个音作“波浪式”的运行。d. 哭唱调最后结束于具有羽调式色彩颤音6̣音，音乐性格凄婉忧伤。

3. 多段词的分节歌形式。在亚鲁王史诗的唱诵或哭唱中，每个内容由很多的小片段组成，各个片段或以韵文体，或以散文体的形式加以唱诵或哭唱。如上文黄老华演唱的“创世史”和“亚鲁王简历”之唱词。在演唱中其唱腔以“引句”为母调，作“曲一唱百”的演唱，这即为亚鲁王史诗的唱腔曲体具有多段词的分节歌形式之特点。

三、苗族非物质文化遗产经典:《亚鲁王》

史诗的范畴一般包括叙述天地起源、叙述万物来源、叙述人类诞生与民族迁徙及反映古代社会历史变革、古代社会生活、古人事迹和反映古代的创造发明等多个方面的内容。浩瀚的亚鲁王史诗对这几个内容都有较为详细的叙述。在对亚鲁王进行了多年的田野调查后，亚鲁王研究中心主任杨正江如是说：“开始翻译的时候没想到会有这么多，可是越深入到史诗里，越觉得它的内容太丰富了。”

目前我国北方少数民族的英雄史诗中，一般只叙述主人翁之

“英雄”事迹，但在苗族西部方言之麻山境内发现的《亚鲁王》，不仅唱述主人翁之“英雄”事迹，同时还唱述“创世”内容。民俗专家刘锡诚对亚鲁王史诗有极高的估量：“《亚鲁王》如果最终确认是苗族英雄史诗的话，那将是一件具有重要意义的发现，英雄史诗不仅在北方民族中流行，而且在南方的少数民族中也有，我们的文学史和文化史也许将因此而进行改写。”[1]

据杨正江介绍，亚鲁王英雄史诗在麻山地区约有3000名东朗在演唱。这是一个让人感到欣慰的数字，但是不可回避的问题是：这些东朗中80%的年龄在60岁以上，其余青年东朗也都在35岁以上，而35岁以下、接受更多教育的麻山苗族青年对亚鲁王史诗不甚感兴趣，甚至有一种“事不关己、高高挂起”的排斥心态，这又让人深感忧虑！

综上所述，亚鲁王史诗至少具有如下之价值：

①苗族是一个历史悠久的民族，其文化丰富多彩。就亚鲁王史诗之文史角度而言，它无所不包，应有尽有，是一本名副其实的苗族“百科全书”。就音乐角度而言，其唱腔古朴，音程独特，是一部悲壮凄凉的、苗族音乐文学体裁的“叙事性歌曲”。亚鲁王英雄史诗之“百科全书”之纷繁内容与“叙事性歌曲”之古朴悲壮唱腔都完整地传承与传唱于东朗.

②亚鲁王英雄史诗作为音乐文学体裁的民歌，其构成要素，即语言和音乐结合为一体：从唱词内容来看，具有多样性.从音乐角度来看，“引句”作为“母调”之基础，东朗的演唱是在“母调”的基础上加花和润色作“曲一唱百”之演唱，调性单一。

③在亚鲁王英雄史诗中，“故事、音乐和‘东朗’”三位一体，同等重要，是苗族独特文化核心之体现，它不仅是苗族人民最宝贵的精神文化存储库，也是中华文化不可缺少的重要组成部分。

[1] 杜再江.苗族古诗《亚鲁王》的前世今生[N].中国民族报，2010-02-12.

④从东朗在亚鲁王史诗里唱诵的 Huis Qeul Manb Qeul Songb 和哭唱的《发丧调》中有关农作物的唱述，这说明苗族至少在“亚鲁王时代”之前已经进入了农业文明发展时期。

⑤目前有关苗族历史的专著中，都会提到苗族是从北方往南、从东往西迁徙、历经多次征战后定居于目前的地理区域，但是对苗族的迁徙和征战的内容描述却轻描淡写，篇幅有限，而亚鲁王史诗的发现正好增补和有力的证实了这一历史事实。

⑥在葬礼仪式中，东朗对亚鲁王史诗虔诚演唱持有自觉负责之心态，其主要原因有二：一是通过演唱《亚鲁王》，以表达对亡者家的莫大安慰和对先祖亚鲁王的赞颂。二是世世代代追忆自己的历史和重温自己的文化。三是这个族群不谋而合的“文化至上”和“宗族至高”的忠实体现。四是通过演唱亚鲁王史诗，不仅是他们对遥远“东方故国”之“国土”深情惦念，而且在演唱的习俗里使族群身份得到确认，进而增强民族的归属感。

吊唁活动中的吹打乐（唢呐）曲目

记谱：梁 勇

地点：宗地乡戈邑村大寨组

91
98
101

后 记

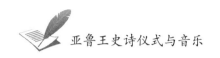

苗族英雄史诗《亚鲁王》于2009年被文化部评为“中国文化十大新发现之一”，2011年被批准为第三批国家级民间文学类非物质文化遗产代表作。自此，《亚鲁王》成为继《格萨尔王》、《江格尔》和《玛纳斯》的第四部少数民族长篇英雄史诗。作为苗族人，我为此感到高兴。

可以说，麻山苗族人是在亚鲁王史诗的唱诵声中长大的。作为麻山苗族的一员，我也不例外。自记事起，我就很好奇麻山苗族日常生活的各种民俗仪式为何离不开《亚鲁王》的唱诵。为了探个究竟，2009年寒假起，我就跟随紫云自治县亚鲁王文化研究中心杨正江等人进入麻山腹地，展开对亚鲁王史诗的普查及搜集工作。因为专业原因，普查搜集时，我更多地关注亚鲁王史诗的音乐文化。十余年来，我的田野点还是以贵州省麻山地区为主，调查对象也主要是亚鲁王史诗，发表相关拙文，也完成了相关地厅级和省部级研究课题——这部拙著的相关材料和研究观点也主要来自于这些田野调查和研究成果。

在调查及写作期间，我得到了很多人的支持和帮助。

在田野中，由于唱诵亚鲁王史诗涉及很多古苗语，整理和理解这些材料时，都得到了很多歌师无数次不厌其烦的解释，直至我掌握为止。这些无私为我卖力的歌师有：亚鲁王史诗国家级传承人陈兴华，紫云苗族布依族自治县大营乡巴茅村的黄老华和岑春华，宗地镇摆弄关村摆弄关组的杨光谣，宗地镇戈岜村梁正伟，四大寨

乡的陈志忠等。

在唱词翻译和文化解读中，可以确定，如果没有紫云苗族布依族自治县亚鲁王文化研究中心的杨正江、杨光应和杨小东等人的全力帮助，这本书的完成撰写时限只有再做“拉锯战”；而如果没有亚鲁王文化研究中心杨正超拍摄并提供的富有说服力的照片，若本书有价值可言的话，其价值将除以二。

在家里，很多时候“打开电脑不是听《亚鲁王》，就是写《亚鲁王》”虽然成了家人的口头禅，但家人看出我“顽固”的“听”“写”之意义后，转而鼎力支持。

书稿交出版社后，贵州民族出版社的熊兵编辑，从标点符号、字句编排、图片选定、篇章结构和书本名称等与我进行多次的探讨，并提出很多具有重要意义和参考价值的建议，同时也对书稿进行多次反复的修改，使得书本内容更加丰富和更趋完善。一句话，是熊兵编辑的认真态度和敬业精神，才使我这本“放养”的书稿，最终才以“著作”的名义回归于我。感谢熊兵编辑！

当然，需要感谢的人还有很多。比如，如果没有遇见吴正彪老师，我此生应该只是在中学音乐教师的岗位上做好本职工作，不可能去读研究生，也就不可能有写书的想法，更不可能有出书的底气。总而言之，我对在书中已经提到，或因我疏忽遗忘但确实给予我帮助的领导、老师、朋友、同事、同学和亲戚致以诚挚的谢意！

亚鲁王史诗在苗族三大方言中都有传承传唱，我的这本书只是苗族西部方言麻山次方言区的调查研究的呈现，即仅仅是《亚鲁王》音乐文化的冰山一角而已。当然，这也明示着，做史诗《亚鲁王》研究，是一项长期的工作，一辈子的时间都不够。

梁勇

2021 年 5 月于安顺学院